論創
ノベルス

燃えるラグーン

Ronso Novels 011

織江耕太郎

論創社

本書は知り合いの物理学者の体験を元にした創作である。藻類と光合成による「ヤングオイル」は実在し、ロシアの研究者が行方をくらませたこと、後にイスラエルにいたことも事実である。なお、「ヤングオイル」が実用化されれば、地球環境が浄化されていくことは確かである。

目次◎燃えるラグーン

【主要登場人物】

アレクセイ…………ロシアの物理学者。43歳。ユダヤ系ロシア人。カムチャッカ育ち。

ガリーナ……………世界的ギタリスト。37歳。ロシア人。アレクセイの恋人。カムチャッカ育ち。

イワン………………CIA工作員。43歳。カムチャッカ先住民族コリャーク。アレクセイ、ガリーナと幼なじみ。カムチャッカ育ち。

池島史貞……………宝山大学・理学部名誉教授。72歳。「ヤングオイル」研究者。

太田竜一……………進学塾講師。30歳。池島主宰の「ヤングオイル」研究グループに所属。

桐生彩音……………大日新聞・科学部記者。27歳。

「IL」………………イスラエル在住のモサド工作員。

キリコフスキー……謎の人物。

ニコライ……………ウゾン・カルデラの「ヤングオイル」論文を執筆した学者。

プロローグ

雪は一夜にして天地を清浄の世界に変える。

舗道の向こうに広がる森の緑、教会尖塔《せんとう》の赤、車道の黒、縁石《えんせき》の灰色。それらすべてが白々と塗り立てられ、無垢の世界が顔を出す。

そして、眼下の駐車場には雪に埋もれた車が葬列のごとく並んでいる。舞い降りる雪の様子からして、これから吹雪になるのは確実だ。

十分ほど前に大通りから駐車場に入ってきた車がつくった幾何学模様を見つめていたのに、いまはすでにその轍《わだち》はない。

窓をそっと開けてみる。雪が風とともに室内に入り、アレクセイの顔にふりかかる。しばらくじっとそのままでいた。ガリーナが戻ってくるまで、外の冷たさを皮膚で感じていたかった。

一月のモスクワ。氷点下二十度。

アレクセイが十五歳でモスクワに初めてやってきたとき、案内役の教授は「金属に触るな」と大声を出したあと、

「この寒さの中で金属に触れると、その指は凍傷になり壊死《えし》・切断となるだろう。宇宙物理を背負っていくきみの指がなくなれば、論文を書くことが不可能となり、それは世界の大きな損失になる」

と言い、表情を崩した。

以降、アレクセイの研究生活は順調だ。指は十本揃っているし、論文も山ほど書いた。

衛星技術の権威として名を知られるようにもなった。

アレクセイの人生すべてが研究だ。ひとつだけ「ガリーナ」という例外はあるが。

駐車場に一台の車が入ってきた。車は地面に黒い轍を描きながら徐行する。

車はアパートのエントランスで停まった。後部ドアが開く。

ガリーナが降り立ち、帽子についた雪を払いのけたあと、上を見上げて右手を胸元で振る。アレクセイも同じ仕草で応える。

ガリーナがロンドン公演を終えて五日ぶりにモスクワに戻ってきた。わずか五日だが、アレクセイにとっては長すぎる五日間だった。

階段をのぼる足音が耳に届く。

部屋のドアホンが鳴る。ドアが開く音に胸が高鳴る。

「おかえり」

ガリーナは雪を纏《まと》ったままアレクセイの胸に飛び込んでくる。照明を落とした部屋でカミン

（暖炉）の灯りが揺れる。ふたりのシルエットが長く伸びる。

「その表情だと、公演はうまくいったようだね」

「どうにか切り抜けたわ。演奏自体は上出来よ。ねえ、ひとつ問題を出すわ。アンコール曲、何だと思う？」

すぐに五曲ほどを頭に描いたが、いまにも笑い出しそうなガリーナの表情を見て、すべてを候補からはずした。思いついたのはひとつ。

「ロンドンデリーの歌」

ガリーナが目を丸くする。

「よく分かったわね」

「きみがやりそうなことだからさ」

ガリーナはくすりと笑ったあと、

「私はマイクを持って、曲名を告げたのよ。予想通り観客は沈黙したわ」

「演奏後、ロンドンっ子たちは怒り心頭か？」

「ところが違うの。スタンディングオベーションだったのよ。自分たちの祖先がアイルランドにどれだけひどいことをしたのか、現代のイギリス人は忘れているのね」

「アイルランドの近世史はイギリス支配の歴史だからな。迫害、収奪、搾取。アイルランド人が育てた小麦や家畜のほとんどを奪い取り、アイルランド人はジャガイモだけで命をつないできた」

「そうなのよ。だから私は敢えてロンドンデリーの歌を選んだの。ところが意に反して拍手の嵐だった」

「で、その理由はロンドンっ子の忘却だと思ったんだな」

ガリーナは頷いた。

「それは当たっているかもしれないが、私は別の理由をふたつ思いついた」

ガリーナが小首を傾げる。答えを待つガリーナにアレクセイは言う。

「ひとつは、演奏が冴えわたっていたことへの賞賛」

「それだったらとても嬉しいわ。もうひとつは？」

「きみの蛮勇への喝采だ」

「イギリス人の前で、よくも母国の恥をさらしてくれたわね。大したものよ、って？」

ガリーナが笑う。

「真相は藪の中だな。でも彼らの中に潜在する帝国意識に釘が刺されたことは確実だ」

ガリーナは再び笑みをこぼした。先ほどとは違う笑い方だ。アレクセイはガリーナの肩を抱いて居間に向かい、ふたり並んでカミンの前に座る。

室内はセントラルヒーティングで十分暖かいのだが、カミンの前に座ると心まで暖かくなる。

ガリーナは目の前の壁を見上げる。アシンメトリーに配置された絵画六点を味わうようにひとつずつ見ていく。カミンが放射する光がガリーナの瞳の動きをとらえる。

ひととおり見終わったあと、

「五日間って、思ったより短いのね。いま知ったわ」

とつぶやく。

「我々のこれからの五十年を思えば、確かに短い」

ガリーナがくすくすと笑う。

「あなたはおじいさんになっても研究室に閉じこもっているつもりなのね」

五日ぶりの会話は延々と続く。

ロンドン公演時の小さなエピソード、くすんだロンドンの街並み、食べ物の好き嫌い、唯一不変の天候、国民性と抑揚のある英語、クラシック・ギターへの関心の深さ、モスクワとロンドン。

ガリーナはときおりアレクセイの首筋に唇を当てて小声で話す。

そして話題はいつものようにカムチャッカへの望郷になる。

「バッキンガム宮殿の前に立ったときもカムチャッキーのころを思い出したわ」

とガリーナは言う。折りに触れてガリーナはカムチャッキーという言葉を呪文のようにつぶやく。

アレクセイも同じ気持ちだ。

ただ、ふたりのカムチャッカを思う気持ちの底には単なるノスタルジーとは違うものがある。

あのころ、物品や住まいといった目に見えるものとは異質の幸福感に満たされていた。アレクセイたちは自然の中で躍動する小動物だった。自然は遊具であり、友だちであり、教師でもあった。思い出すだけで、心が躍る。

そして、言葉には出さないが、ふたりの頭の片隅には幼なじみのイワンが常にいる。アメリカに行ったと聞いたことはある。しかし、それも噂でしかない。両親も兄のユルトも消息不明だ。

しばらく続く沈黙を、ガリーナが破る。

「イワンはどうしているのかしら」

「あいつのことだから、うまく生きているはずだ」

「そうね。誰よりも強い人だから」

イワンの話題はそこで途切れる。

何不自由ない研究体制、食べるに困らない報酬、そしてガリーナがいつも側《そば》にいること。これ以上望むことはない。

ガリーナの髪がアレクセイの頬に触れる。満ち足りた生活は永遠に続く、とアレクセイは信じて疑わない。

翌日雪は止み、青い空が広がった。

駐車場は昨夜降った雪が凍結している。舗道には何本もの轍が見える。一夜にして変わるモスクワの街。

ガリーナは夕方から出かけた。旧友の家に招待されているのだ。

アレクセイは、ガリーナを見送ったあと書斎に入りソファに座る。濃緑色の革張りソファは帝政ロシア時代のもので、手放すのを躊躇《ためら》う同僚を説得して譲り受けたのだ。

プリントアウトした論文を読み始めてすぐにドアホンが鳴った。立ち上がりかけたとき、解錠される音が聞こえたのでソファに座り直した。

忘れ物でもしたのだろう。

ところが、しばらく待ってもガリーナの声が聞こえてこない。

しばらく眠っていたアレクセイの防衛本能が目を覚ます。

ソファの下から拳銃を取り出し、ドアに向かって構える。かすかな足音が聞こえる。ひとりではない。引き出しから弾倉を取り出しベルトに挟み、耳を澄ませた。

ドアがゆっくりと開く。誰の姿も見えない。アレクセイは銃口をドアの取っ手に向けて待つ。物音ひとつしない。緊張が高まり、頭が急速に冷えていく。落ち着きを取り戻し、本能のまま動ける状態になる。

数を数える。

十を数え終えたとき、銃口がぬっと現れた。咄嗟に引き金を引いた。ドスッという音とともに敵の拳銃が床に落ちた。ドアに向かって突進する。そのとき後ろから衝撃が来た。後頭部がしびれ、次に割れそうな頭痛が襲いかかり、アレクセイは頭を抱えて倒れた。ベランダにも敵がいたのか。

ドアから顔を出した男ふたりは黒づくめの服に目出し帽。武器は持っていない。後ろから羽交い締めにされる。

アレクセイは反撃に出た。

男の右腕をつかみ、ひねり上げる。男の身体が離れる。右から別の男が殴りかかってくる。受け止め拳を顔面にたたきつける。もうひとりの男が落ちた銃を拾い上げて銃口をアレクセイに向ける。素早く左足を繰り出す。男の手から銃が落ちる。三人同時に襲いかかってくる。万力のようにアレクセイの身体を締め上げる。

突然、右腕に痛みが走る。

見ると、注射器が突き刺さっている。動けない。注射器の液体がすべて体内に入った。

意識が薄れるのを感じながら、こいつらに殺意はないと考える。注射器内の液体は致死の薬物ではないと断言できる。殺すつもりなら銃で十分だし、機会もあった。

敵の目的が分かった。生かして利用するということだ。

アレクセイが持つ衛星技術の軍事への転用だ。

これまで何度も、金と名誉という餌を鼻先につきつけられた。ついに強攻策に転じたのだ。

想像もしなかった暴挙に怒りが腹の底で爆発する。しかし、それも一瞬のこと。麻酔がアレクセイの意識を奪い取った。
二日後、アレクセイは豪華な館の一室でベッドに横たわっていた。

第一章　二〇一九年七月

1

アレクセイはここ半年間、毎朝左腕を見る。

残っていた静脈注射の痕《あと》はすでにないのだが、この館に来てから受けた仕打ちを忘れないためだ。

自白剤だと断言はできないが、それ以外ありえないのも確かだ。

豪華な館で生活することと人間の自由とが全く相容れないことを、アレクセイは実感している。

マホガニーのらせん階段の手すりは天井からの光を反射して光沢を増している。安易に触れるなと拒否されているようだ。

光沢と艶だけでなく、気品もあり、機能的でもある。ステップ一つひとつの高低差が低いためか、昇降時の疲れはほとんどない。

ロマノフ王朝時代の名残の館に違いない。重厚なドアを開くと、落ち着いた空間が目の前に拡がる。かつての研究生活では見たこともなかった豪華な調度品と執務のための家具と道具が揃い、大型テレビとエカテリーナの肖像画が壁に掛けられ、一瞬いつの時代に生きているのか分からなくなる。

高い天井と、光量自動調整のシャンデリア。採光のよい広い窓。寝心地のよいベッドと、くつろぎを与えてくれるソファ。

申し分のない環境の中にいるのだと、アレクセイ・ミハイロヴィッチ・イワノフは、これまで何度も繰り返し自分に言い聞かせたのだが、心の空洞はむしろ拡がっていき、息苦しさを止めることはできない。

窓辺に寄って、外を見つめる。咲き乱れる花々の向こうには堅牢《けんろう》な塀が館をぐるりと囲んでいる。塀の外は、道路を挟んで川が流れ、その向こうは森だ。道路にはトヨタが一台停まっている。カムチャッキーには数多くのトヨタが走っていたので、ほとんどの車種をアレクセイは知っている。そしてそのトヨタが官憲の所有であることは、ルーフからわずかに突き出たアンテナで分かる。

森の向こうに広がる景色には見覚えがある。針葉樹で埋め尽くされた森が、蛇行する川に張り付いている。森の中にはひときわ目立つ尖塔が空に向かっている。火山の町にも教会は必要だ。すべてが子供の頃の記憶と一致する。父親に連れられて車でやってきた町「クリュチ」だ。カムチャッカ半島中央部に位置する火山と軍事施設の町。

どうしてここに軟禁されているのか？

苛立ちはふくらむばかりだ。調度品を切り刻みたい衝動にかられるのだが、あいにくと鋭利な金属はここにはない。自殺防止のための処置だろう。だとしたら、敵はアレクセイのことを誤解している。アレクセイの選択肢に、自死はない。

物理学者としての研究意欲は衰えていない。専門の宇宙衛星技術分野でやるべきことは、まだまだたくさんあるのだ。殺されることはあっても、自ら死ぬなど愚かなことはしない。

一刻も早くこの場から解放され、モスクワでの研究生活に戻るのがいま一番の願望だ。

希望の光が見えてこない苛立ちのため息をついたとき、ドアがノックされた。

時計を見ると朝食の時間だった。

ウラジミルの笑顔がドアから現れ、丁寧に頭を下げる。

挨拶は言葉だけでいいと何度も言ったのだが、ウラジミルの態度は半年経ったいまでも変わらない。

旧ソ連からロシアに変わってすでに二十八年もの歳月が過ぎ去ったというのに、人間の所作《しょさ》は変わることはないということだろうか。思想信条なら、あっという間に百八十度変わるのに。

らせん階段をゆっくりと降りる。レセプション・ルームを通り抜けて三つ目のドアに近づき、少し躊躇ったあとドアを開けた。

躊躇いは単なる癖だ。拷問を受けた人間がすべての事象に恐怖を抱くのと似ている。ただ、アレクセイの場合、拷問を受けたとは言えない。細い注射針を静脈に刺されただけだ。

「おはよう。ご機嫌はいかがかな」

ヴィクトルが丸眼鏡の奥の瞳を光らせる。身長はアレクセイの肩あたりまでだが肩幅が広く、がっちりとした体格をしている。ヴィクトルがこの館を全面的に仕切っていることは確かだが、所属する組織も不明だし、力量も測れない。細面の顔が青白いからといって、気弱な人間だと決めつける根拠にはならない。

「半年前と全く変わりはないな」

と答えると、ヴィクトルが口の端を持ち上げて笑った。アレクセイは続ける。

「羽をむしられた鳥がどういう気持ちか、あんたも分からないわけではないだろう。ロマノフ王朝から帝政ロシアに移行したとき、さらにソ連邦崩壊以降、あんたたちは自由という言葉を金科玉条にしていたのではないか？」

「まあ、座れ。ドクター・アレクセイ・ミハイロヴィッチ」

言われた通りに椅子を引いて腰掛けた。目の前のテーブルには、いつものように豪華な朝食が載っている。アレクセイはオレンジジュースが入ったグラスを手に取った。

「今夜はパーティなんだよ。きみにも参列してもらいたい」

「お祝い事でもあったのか？　アメリカと恒久的平和条約を結んだとか。あるいはＮＡＴＯ諸国が天然ガス取引をルーブル建てにしたとか。もっとも、あんたが私に提供してくれるプラウダには一行もそんな記事はないが」

と言うと、ヴィクトルは瞳の奥の色を隠して、

「きょうはカムチャッカの独立記念日なんだよ」

と言う。

「カムチャッカに独立記念日があるなんて初耳だな。先住民を殺戮した記念日のことを指しているのなら分からないでもないが」

「アレクセイ。やはり今朝はご機嫌斜めのようだな。ベッドが広すぎて持て余しているのか？　言ってくれれば貴族の末裔をあてがうことも可能だが。もちろん、きみが望むならという前提だが」

「必要ない」

アレクセイは言い、クルミが混じったパンを手に取り、山羊の香りがするバターを塗って口に放り込んだ。横で見ているヴィクトルが再び笑う。

「不満があるなら何でも言ってくれよ」

「不満がひとつ、質問がふたつ」

「言ってくれ」

「自由にしてくれ。ここから出して欲しいんだ」

ヴィクトルはコンマ数秒目を閉じた。彼の癖だ。どういうときに目を閉じるのか。いままで複数の条件下でその癖を見たのだが、いまなお整理できていない。

「きみには自由になってもらいたいと我々は思っている。これは嘘ではない」

「では、私が自由になるための条件を教えてくれ。すでにチオペンタールを私の体内に打ったのだから、必要なことは手に入ったのではないのか。それだけじゃない。私の頭蓋骨にチップも装着しているのではないか？　つまり、私の行動はあんたたちが所有する高性能コンピュータで逐一《ちく いち》画面に出てくる。そこまでしているのに、私をいまなお軟禁している理由を教えてくれないか。そうしないと、私はもうすぐ発狂するかもしれない」

パンがまずい。再びグラスを手に取り、オレンジジュースを飲み干した。

「チップの話は思い過ごしだ。きみは忙しすぎたようだな。ゆっくり休んでもらうために用意した館だ。妙な詮索は必要ない」

アレクセイは笑い、

「冗談ならそう言ってくれ、ヴィクトル。どうやったら、この館でのんびりとできるのだい？　窓から見えるロシア正教の教会だが、もう少し尖塔をうまくつくることはできなかったのか？　窓の外に展開されているスクリーンが精緻《せいち》につくられていることは認めよう。しかしあの尖塔だとすぐにばれるぞ。〈最後の一葉〉の主人公と違って、私は健康な人間なんだよ」

「気づいたのか？　さすがだな。しかし、きみをだまそうとした訳ではないことは断言しておこう」

「第二の故郷クリュチにいるんだと錯覚させることに何の意味があるのか、ずっと考えたが答えは出ていない。軍事基地の近くに軟禁すれば、攻撃衛星の必要性を私が感じるとでも思っているのかね？」

「……」

ヴィクトルが葉巻に火を点けた。キューバ産の高級な香りが漂う。

「なぜ黙ったのだ？　まあいい、最後の質問だ。ここはどこなんだ？　カムチャッカでないことだけは分かる。吹いてくる風に、ベーリング海あるいはオホーツク海の匂いはしないからな。モスクワでないことも分かる。長く住んでいたのでね。となると、シベリアか？　ヤクーツク。聞こえてくるせせらぎはレナ川。違うか？　まさか、旧ソ連時代の地下核実験場の真上ということはないだろうな」

ヴィクトルは質問に答えることなく葉巻を消し、黙ったまま椅子を引いた。

2

朝食にほとんど手をつけないまま庭に出た。

草木が生い茂り、目に優しい。

ところが、周囲に目をやると、高い壁がアレクセイを圧迫してくる。部屋から見るよりもずっと高い。見えるのはその灰色の壁と灰色の空だけだ。

淀んだ空気。火薬の匂い、薬品の匂い、腐った人間の匂い。

祖父が体験したと聞いたラーゲリを思い出す。館の外壁は鎧《よろい》をまとった城壁だ。絢爛豪華《けんらんごうか》な部屋はまやかし。アレクセイに自由はない。

部屋に戻った。

パソコンでネット検索する。日常のたわいのない記事が現れる。海外の情報はいずれも大きなイベント、天候、有名人の死。

知り合いの学者を検索してもウィキペディアレベルの記事のみだ。もちろん、アレクセイの論文アーカイブも、モスクワ大学におけるリポジトリも見当たらない。

退屈な日々は続く。ヴィクトルに言ったことは嘘ではない。いずれ自分は発狂するだろう。

文献を精査し、学生たちと討論し、徹夜で論文を書き上げる。辺境に出向いてのフィールドワークは、新たな技術開発のヒントを与えてくれる。

そんな日はもう来ないのか。

ヴィクトルはCBP（ロシア対外情報庁）。KGB第一総局の後継機関）の一員である可能性が高い。断定する根拠も文書もないが、それ以外だとする根拠もない。

拉致した目的ははっきりしている。衛星技術の軍事への応用を推進せよということだ。彼らは、アレクセイが最も忌み嫌うことを強制しているのだ。

自白剤でも出てこなかったものが、私の口から漏れるはずがない。役に立たないとわかっているなら殺せばいい。なぜ殺さない？

イスラエルの諜報機関・モサドの報復が怖いとでも思っているのか。笑止千万。研究者がひとり消えてもモサドは動いたりはしない。ＣＢＰがなぜそんな簡単なことに気づかないのだ。二重スパイをしているわけではない。ロシアの技術をＩＬ《イスラエル》に売ったことなどない。

私は「父祖の地」に帰りたいだけなのだ。ガリーナと一緒に。

ガリーナはいまどうしているのだろう。ネットで検索しても出てこない。

ドアが開き、ヴィクトルが顔を出した。

「パーティは楽しくやろうじゃないか」

先ほど聞いた「カムチャッカ独立記念パーティ」が始まるようだ。階下から華やいだ声が聞こえてくる。

「一杯だけいただいて、すぐに失礼する」

と言うと、ヴィクトルは、

「紹介したい人間がいるのだ」

「誰だ？」

「ザハール」

「ロシアにザハールは一万人ほどいるが」

ヴィクトルは何も答えずに、早く来いとばかりに目でアレクセイを誘《いざな》う。


レセプション・ルームには、五十人ほどが参集していた。

ドレスを身にまとった女性も混じっているが、男性が圧倒的に多い。人種も様々だ。黒、白、黄色。ロシア語、英語、ドイツ語、フランス語、そして理解できない言語で話す者もいる。共通しているのは、手にはシャンパングラスを持っていることだけだ。大使館のパーティとは趣が違う。客たちは、アレクセイには目もくれず、数人ずつのグループをつくって話に花を咲かせている。知った顔もいないので、気が楽になった。

ヴィクトルが小柄な男と一緒に近づいてきた。

「紹介しよう。あなた方は初対面だが、お互いの存在は知り尽くしているはずだ。世界広しといえども、あなた方ほどの知の巨人はいない。きょうは記念すべき日になると私は確信している」

ザハールが右手を差し伸べてきた。アレクセイはその手を握った。分厚い手はやや湿り気を帯びている。挨拶を交わすとザハールは突出した頬骨をさらに鋭角にし、すぼめていた赤い唇を横に開いた。近眼特有の涼しげな目でアレクセイを見る。邪念も悪意も、さらには善意も感じられない笑顔だ。

ザハールは、ロシア・アカデミーの常任理事、専門は資源工学。学問の功績よりも政治力でのし上がったと聞いている。毀誉褒貶《きよほうへん》を一身に集めている点では大物と言えよう。

「アレクセイ・ミハイロヴィッチ・イワノフ先生とお会いできたことを神に感謝いたします」

「アレクセイと呼んでください」

と言うと、ザハールの目に善意の色が浮かんだ。

「ヴィクトルに頼んであなたを紹介してもらったのは、実はお願いごとがありましてね」

「どのようなことでしょう？　博士が私ごときにお願いごととは」

「たいしたことではないのですが、重要なことではあります。実は」

と、ザハールは言いさして、にごす。

アレクセイはザハールの瞳の動きを見る。ザハールは瞬間目をそらしたあと、再びアレクセイを見つめた。

「実は、ロシア・アカデミーの常任理事にあなたを推挙したいと思っておりましてね。これはいま唐突に考えついたのでないことは、アカデミーのことを熟知されているあなたにはお分かりでしょうが」

「光栄です」

アレクセイはひとこと言うだけにとどめた。

確かにザハールが言うように常任理事への推挙となると簡単なことではない。しかし、ザハールが噂通りの人物だとするならば、推挙の理由は多彩な色を帯びていると考えた方がいい。

軟禁で発狂寸前まで追い詰めてもらちがあかないと判断したのか、今度はダイヤモンドほどの名誉をちらつかせて翻意を促す。その切り替えの巧みさには恐れいる。

ザハールはアレクセイの内側をのぞき込むように灰色の瞳でじっと見つめる。アレクセイも目をそらすことなく目の前の小柄な男を見つめ返した。

そのとき、グラスが割れる音が室内に響いた。

振り向くと、白衣を着たウェイターが床に散らばったグラスの破片を拾い集めている。拾い終わると、周囲に向かって深々と頭を下げた。横に立つ上司らしき男が、「皆様、お騒がせして申し訳ありません」と言い、同じように頭を下げる。

ミスをしたウェイターはテーブルに置いてあるシャンパンのボトルを持ち、近くの客たちのグラスに注ぎ、つぶやくように謝罪している。

蝶ネクタイをした紳士たちは笑みを絶やさず、グラスに注がれたシャンパンを口に含む。

シャンパンの振る舞いは、すぐにアレクセイのところにもやってきた。すでにザハールは別のテーブルに移動している。ぽっかりと空いた空間でアレクセイとウェイターが顔を見合わせた。

「名前は?」

「シュミットと申します。お騒がせして申し訳ありませんでした」

「気にすることはないでしょう。ミスは人間の特権です。そんなことより、お名前と容貌が似合っていないのですが、いや、失礼を申し上げたのなら謝ります」

とアレクセイが言うと、ウェイターは何も答えずに、じっとアレクセイを見つめる。アレクセイより身長はやや低いが白衣に覆われた身体は鋼《はがね》のようだ。岩のような手をしている。あらためて男の顔を見ると、右目尻に小さな切り傷の痕が見えた。アレクセイは確信した。

(イワンだ)

しかし、なぜ彼がここにいるのか。どうしてウェイターをしているのか。アメリカに渡ったという噂を聞いた。根拠のない噂だったのか。

「このシャンパングラスをお使いください。最高級のグラスです。お詫びのしるしです」

と言い、コースターと一緒にグラスを手渡し、シャンパンを注ぐ。アレクセイは、

「イワン」

と小声で言った。

ウェイターはちらりとアレクセイを見たあと、同じように小声で、

「人違いではありませんか」

と言い、きびすを返した。

アレクセイは気持ちの整理がつかないまま、グラスを口に運んだ。コースターをテーブルに置き、飲み干したグラスをその上に置いた。磨き上げられたグラスの底に文字を見つけた。グラスの底部がレンズとなり、コースターに書かれた小さな文字を浮かび上がらせていた。アレクセイはコースターをポケットにしまった。

「十二時に部屋に行く」

と書かれたコースターを。

3

音もなくドアが開き、イワンは身体を滑らすように部屋に入ってきた。

時計の針はぴったり十二時を指している。

ノックなどないだろうと思い、鍵はかけていなかった。

ウェイター姿のままだ。

イワンはアレクセイの前に立ち、先ほどとは明らかに柔らかい光を、細い目から放つ。アレクセイは一瞬カムチャッキーにいるのではないかと錯覚した。

「意図した行動だと受け取っている。まさか偶然などと馬鹿げたことを言うなよ、イワン」

「お前の言うことは正しい」

「何の目的で私に近づいた？」

「任務を果たすためにやってきた」

イワンは答え、話を早く前に進めたいのか、すぐに具体的な話を始めた。

「任務の内容はもちろん言えない。ただ、いまから二時間、俺はラングレー（ＣＩＡ）工作員ではなく、カムチャッキーで一緒に遊んだ幼なじみとしてお前と接する。二時間厳守だ。二時間は俺たちの半生を語り合うにはあまりにも短いが、近いうちに三日でも四日でも、いや一か月でも時間をつくることを約束しよう」

ハグも握手もせずに向き合った。イワンの表情にはわずかな緊張の欠片も見いだせない。

イワンが口を開いて話し出そうとしたので、アレクセイは手で制した。

「その前に、確認したい。この部屋は監視カメラだらけだ」

「眠らせてきた。二時間後に監視員は目を覚ます」

「監視員は眠っていても、自動録画機能がオンのはずだ」

「心配するな。お前がうろちょろしている画面のテープと差し替えてきた」

案じることはなさそうだ。

「では、座ろう。何か飲むか？」

「二時間では無理だ」

アレクセイが頷くと、イワンは黒い瞳でアレクセイを見つめたまま口を開いた。

「俺の運動神経を認めてくれたアメリカ人がいた。どんな競技でも世界レベルになれるが、一番いいのは体操だと言われた。バルセロナ大会出場が決まっていたが、直前に足首を骨折して出場できなかった。治癒したあと軍隊に入った。徴兵だよ。すぐに海兵隊に入隊させられ、その後はSWATだ。銃、ナイフ、重火器、ありとあらゆる殺傷武器を自由に操ることができるようになった。そしてＣＩＡの準職員からすぐに正規の工作員となった。いま五か国語をネイティブ・レベルで話すことができる。具体的な工作実績は明かせないが、中東での生活が長かった」

　ひと呼吸置いたあと、イワンは続けた。

「ガリーナとはどうなった？　彼女がザグレブ国立音楽院で学び、世界的なギタリストとして世界中で演奏活動をしていることは知っている。お前はガリーナと結びつく運命にあると思っていたので、その後どうなったのか教えてくれ」

「私のことは調べ尽くしているのだろ。わざわざ訊くな」

「経歴は知っている。だが俺に与えられた資料にはガリーナとのことなど一切書かれてない」

「私が二十六、彼女が二十歳の時モスクワで再会した。偶然だ。ガリーナがギタリストとして活躍しているなど知らなかった。モスクワでガリーナのリサイタルがあったんだ。楽屋で彼女に会い、恋に落ちた」

「それはよかった。おめでとう。で、いまは？」

「ここに連れてこられるまでは一緒に住んでいた。私は彼女を愛している。ただ、根本的な意見の食い違いが気になっていた。疎遠になっていく可能性もある」

「理由は？」

「私はユダヤ民族。イスラエルに行く決意は固い。だが、彼女はイスラエルを嫌っている。ロシアで教育を受けたのだからパレスチナの肩をもつのは仕方がないことだ。だからといって、私は彼女の考えに合わせたりはしない。ユダヤの血が混じった者として私は自分の目的をかなえる」

アレクセイは父祖の地を思うと興奮を隠せなくなる。父はユダヤ系ロシア人。迫害に我慢できなくなった父は母とともにカムチャッカに渡り商売を始めた。

しばらく黙っていたイワンが、小声で言った。

「俺の任務を言おう。お前をアメリカに連れて行くことだ」

「断る」

「そうすぐに結論を出すな。アメリカでの何不自由ない研究活動を保障する。そして落ち着いたらお前が行きたいところに移住すればいい。両国の関係は悪くない」

「アメリカで攻撃衛星の研究に没頭しろと、本気で言っているのか？　衛星は軍事衛星として偵察に利用され、今度は攻撃衛星に進化させた。しかも精度を上げていく研究に大金をつぎ込んでいる。戦争道具の研究などしたくない。ここに軟禁されているのも、私が攻撃衛星の精度を高めるノウハウを持っていると勘違いしているからだ。平和利用から始めた私が、攻撃衛星の精度を高める研究を密かに行っている？　バカも休み休み言えということだ。私の学者としての永続的な研究テーマは、太陽だ」

思いの丈《たけ》を吐き出すと、少し楽になった。聞いてくれたのが竹馬の友だからかもしれない。ここに閉じ込められ、自由を奪われてからというもの、言いたいことも言えず、悶々とした日々を送っていたのだ。

イワンの顔に感情は現われない。

「お前の気持ちは分かる。だからこそ私はお前をアメリカに連れて行きたいのだ」

「何不自由ない研究活動を保障すると言ったが、その言葉は嘘だ。あるいはお前がそう思わせられているだけだ。ラングレーやペンタゴンがそんな無駄金を使うわけがないじゃないか。私を欲しがる理由は明らかだ」

「ガリーナと一緒なら来てくれるか？」

先住民族特有の細い目でイワンが誘う。笑みをたたえていることは、他人には分からなくてもアレクセイには分かるのだ。

「人の弱みにつけこむのか。ラングレーはそんな教育をするところなのか？」

「そうだ」

とイワンは笑みを消し、大事なことをわずかひとことで済ませた。

イワンの落ち着きがアレクセイを苛立たせる。

子供の頃のふたりの関係は逆だった。直情径行《ちょくじょうけいこう》のイワンを抑え、鎮め、説得するのがアレクセイの役割だった。イワンは決して理不尽な言動はしなかった。正しいと思うことを、感情をあらわにして訴え、ほとんどの場合、暴力でねじ伏せた。

ところが、いまはどうだ。三十年近くの歳月がふたりの関係を微妙に変えている。

イワンはポケットからスマートフォンを取り出した。部屋の隅に行き、誰かとなにやら話している。聞こえはしないが、話の内容は想像がつく。

話し終えたイワンはこちらにやってきて、

「ガリーナはいま日本だ」

と言った。

呆気《あっけ》にとられているアレクセイを置き去りにしてイワンはさらに続けた。

「日本で公演のスケジュールが組まれている。まず日本に渡ってガリーナと会え。そしてアメリカ行きをふたりで話し合うんだ」

「平気で無茶を言うのがお前たちの組織の習わしか?」

「いや違う。実行し、成功させるのが、俺たちの行動原理で、かつ任務だ」

「ガリーナをだしにして私を殺人鬼にしようとする魂胆だな」

激しく言いつのると、イワンは、

「落ち着け」

と言った。

「俺はさっき、カムチャッキーで一緒に遊んだ幼なじみとして接すると言ったはずだ。お前とガリーナを会わせようとするのは、俺の任務外だ。姑息なことはしない」

イワンは言ったあと、口元を真一文字に結んだ。子供の頃、納得のいかないことを言われたときイワンは必ずそうした。

アレクセイの気持ちに、イワンへの信頼がわずかだが芽を出した。

と同時に、館からの脱出が現実的でないことに気づく。

「イワン、お前は外からやってきたのだから、この館が厳しい監視態勢下に置かれていることを目で見て知っているはずだ。ここの緻密に構築されたバリアをどうやって通り抜けようと思っているのだ？　ＣＢＰは甘くはないぞ」

言い終わる前に、ドアが開く音が聞こえた。振り向くと、大柄な男たちが足音をしのばせて入ってきた。イワンは鍵をかけていなかったようだ。

それ見たことか！　アレクセイは身構える。腕には自信がある。

しかし多勢に無勢だ。このままだと自分だけでなく、イワンも殺される。

ところが、様子がおかしい。男たちはいずれも白衣姿、不思議に思い、ようやく思い出した。先ほどのパーティで招待客のために忙しく動き回っていたボーイやウェイターたちではないか。

イワンは真一文字に結んでいた唇を解いた。

ひときわ屈強な男ふたりが、大きな箱を持っている。色と光沢からしてステンレスだ。真四角で縦長。側面三か所にボックスラッチがついている。

スキンヘッドの男がラッチをはずした。

「アレクセイ、中に入ってくれ」

と、イワンが言う。

「ナイスアイデアだと言いたいところだが、こんな子供だましで鉄の館を出ることは無理だと思うが」

「俺を信じてくれ」

「カムチャッキーで遊んだ頃のお前なら信じるが」

「それでいい」

と、イワンは意味不明なことを言うが早いか、服の内側から拳銃を取り出した。右ポケットからサイレンサーを出して装着する。すぐにドアと反対方向の壁に向かって引き金を引いた。無音に近い音とともに薬莢が飛び出る。

「アレクセイ、あの穴から覗いてみろ。懐かしいものが見えるぞ」

アレクセイは壁に近づいた。直径二センチの穴に右目を当てた。薄暗い町の景色に街灯の淡い光が当たって、ぼんやりとだが光景が見え、しばらくすると目が慣れたのか、輪郭が明瞭になっていく。

「レーニン像だ！」

叫ぶように言うと、

「いいかよく聞け。俺たちはカムチャッキーのケイタリング業者としてここにやってきた。入館の際にチェックされたが出るときはノーチェックだ。これは何度もテストしているので確かなことだ。モスクワやクリュチと違って、ここは警戒が甘い」

「そのボックスの中に入って私を連れ出したあとは？」

「空港に用意しているプライベート・ジェットでハバロフスクに飛ぶ。そこから東京だ」

「ずっとこのボックスの中にいろというのか？」

「ハバロフスクまでだ。空港を出たら、東京への便を待つホテルでお前はボックスから解放される。アメリカ人として、正規のルートで堂々と羽田行きの航空機に乗るという段取りだ」

「承知した。ただ、その前にひとつ頼みがある」

「何だ？」

「さっきのスマホを貸してくれ。自宅と研究室の様子を知りたい。それに同僚に無事を告げておきたい」

　イワンはポケットからスマホを取り出した。

　部屋の隅に行き、最も親しい同僚の電話番号をタップした。

　話を終えて電話を切り、イワンに返す。

「どうだった？」

「部屋も研究室も破壊されている。警察は動いてくれたようだが、半年経ったいまは捜査を実質的に打ち切っている。コンピュータに入ったデータはごっそり盗まれた。ガリーナは神経を病み、入院生活を送っていたそうだ。モスクワ大学物理学教授の籍はまだそのままだということだ」

　イワンは頷き、すぐに話題を変えた。

「念のためだ」

と言い、ポケットから拳銃とナイフを取り出した。

「使い方を教える必要はないな」

イワンの厚い唇はすぐに閉じた。

4

ハバロフスク・ノーヴィ空港から車でホテルに向かう。と言ってもアレクセイはボックスの中だから想像するだけなのだが。

ボックスの密閉状態から解放されたのは、車が走り始めてから十数分経ったときだった。外に出ると、手足を伸ばし、思い切り空気を吸った。ボックスには換気孔はあったが、狭い空間では空気の濁り淀みは避けられない。しばらく身体を動かしてみたが、元の体力を取り戻すまでには時間がかかりそうだ。

車は道路の路肩に停まっている。

ボックスはそのままトランクに置かれ、アレクセイはリアシートに座った。横に座るイワンがパスポートをアレクセイの膝の上に置いた。

アメリカ合衆国が発行した正式なものだ。

別名に苦笑いし、スポーツジム勤務という職業には大笑いした。窓から空を見上げると、ハバロフスクの真っ青な空が広がっている。

ホテルに一泊した翌日、三時間弱の飛行を終えて東京の地に立ったアレクセイの胸には、懐かしさと不安と希望が同時に宿ったが、すぐにふたつは消え去り、懐かしさだけが残った。

東京は曇り空。晴れているのだろうが、曇って見える。星が見えない土地柄なのだから仕方がない。

投宿先は赤坂と聞いていたが、車は違う方向に走る。イワンに尋ねると、表情を変えることなく言う。

「宝山大学に向かう。久しぶりの東京だろう？　留学時代の恩師に挨拶しておくべきだ」

ポスドク時代の二年間が画像となってアレクセイの頭の中に映し出される。お世話になった藤岡教授のがっちりした身体と満面の笑顔が脳裏に浮かぶ。そしてもうひとり、池島教授のことも思い出される。池島教授は理学系で微生物の研究者だった。年齢的に、すでに退官されているはずだ。藤島教授には将棋を、池島教授には釣りを教えてもらった。

大学の講堂が見えたとき、雨が落ち始めた。

しばらく車の中から講堂を見つめた。

「どうされますか？」

運転手が言う。アレクセイは迷う。イワンがアレクセイの横腹をつつく。

「構内の三号棟の近くまでお願いします。真っ直ぐ進んで右側です」

「日本語お上手ですね」

とタクシーの運転手が言う。アレクセイは答えず車を降り、三号棟の前に立った。

「アポイントなしで会えるのか？」

とイワンが訊く。アレクセイは、腕時計を見て、

「もうすぐ研究室を抜け出して、息抜きの散歩だ」

と言うと、イワンは笑う。

「人間はロボットとは違う。十八年同じことをやるはずがない」

「いや、必ず顔を出す。カントは毎朝同じ時間に同じ小道を同じ姿勢で散歩した。思考を深めるための最善の方法だ」

「俺はお前の考えには同意しない。日本人は四季折々、違った行動と思考をするんだ。賭けてもいいぜ。百ドル」

「よし賭けよう。千ドルでもいい」

腕時計の針が午後三時を指したとき、アレクセイの勝ちが見えた。古びた三号棟の一階エントランスに男の姿が現れたのだ。

「俺の負けだな。百ドルしか出さないぞ」とイワンが悔しそうに言う。

アレクセイは、エントランスに立った男を見つめたまま言った。

「いや、勝負はつかなかった」

「どういうことだ？」

「藤岡教授ではない」

「それは残念だったな」

「しかし、俺がお世話になった先生だ」

「池島か？」

アレクセイは頷いた。

「退官だと言ってなかったか？」

アレクセイはイワンの質問に答えずに、池島が立つところに足早に歩み寄る。

池島は白髪が増えたが、以前と変わらず背筋は伸び顔色もいい。

近づいてくるアレクセイに気づいて身体全体に緊張を走らせた。

アレクセイが微笑みかけても池島の表情に変化はない。アレクセイは釣り竿を持ってリールを巻く仕草をしてみた。

ようやく、池島の温顔《おんがん》がくしゃくしゃと崩れた。

「アレクセイ！」

と大声で叫び、しっかりした足取りで近づくと両手でアレクセイを抱きしめた。

年齢に似合わず力強い抱擁を受けて、アレクセイの心に暖かい火が点《とも》る。

身体を離した池島は、先ほどまでの笑みを消した。

「アレクセイ、悲しい報告だが、きみの恩師は昨年亡くなった」

「そうでしたか」

アレクセイは一気に気力が萎えた。

「年寄りの私がまだ生きていて、まだ現役ばりばりだった藤岡先生が先に逝かれるなど予想もしなかった。大学だけでなく日本の損失だ」

アレクセイは言葉が出ない。池島はアレクセイの肩を二度たたき、

「今夜、時間はあるか？」

と言い、相好《そうごう》を崩す。

「夜釣りですか？」

「釣りはまた日をあらためて。今夜は私の教え子たちとの懇親会があるのだが、一緒にどうかなと思ってね。きみの研究のことも聞きたいし、それになんといっても、日本のアカデミズムをこれから背負って立つ若き学者の卵と話をするのも損にはなるまい。日本滞在はいつまでなんだ？」

「一週間ほどです。あ、紹介が遅れました。幼なじみのイワン・アレクサンドロヴィッチ・ポポフです」

初めましてと、お互いに挨拶を交わす。

「イワンはロシア大使館勤めです」

「ああ、そうでしたか。ロシアと日本はこれからさらに強力なパートナーシップをとっていくことになると私は個人的に思っています。なんと言ってもエネルギー問題の鍵はロシアにあり、ですからね」

「強い協調路線を、私どもも望んでいます」

とイワンは流ちょうな日本語で返す。

時間と場所が書かれたメモをもらい、「夕方を楽しみに」と言い合って分かれることにした。

池島は再び三号館に足を向ける。

アレクセイとイワンが大学構内から出ようとしたとき、池島の声がした。振り向くと、池島が
アレクセイが池島の元に近づくと、

「いま思い出したのだが、きみのお父さんは〈神の水〉を売って生計を立てていたと言ってなかったかな?」

と訊く。

「はい。その通りです。父は〈アクアム・デイ〉と呼んでいました。ヘブライ語です。それが何か?」

「それはオイルなのか?」

「オイルには間違いないですが、せいぜい、暖房用とか煮炊き用とか、そのくらいの用途だったと思います。商店が買ってくれていました。それがどうしたのですか」

「どこにあるんだね？」

「カムチャッカ半島のほぼ中央部、クリュチというところです。いまも〈神の水〉が取れるかどうかは分かりませんが、カムチャッカに行かれることがおありでしたら、記憶をたどって地図を書きましょう」

池島は遠くを見つめた。何か考えているようだ。

「実はね、私は藻類の研究チームにいま所属していてね。藻類でオイルをつくって、それをビジネス路線に乗せられないかと模索しているところなのだ」

「藻類からオイルですか？」

「釈迦に説法になるかもしれないが、オイルは何億年という途方もない年月をかけてできたものなのだが、カムチャッカのウゾン・カルデラで発見されたものを〈放射線炭素年代測定法〉（炭素の放射線同位体14を用いて行う考古学試料などの年代測定法）を使って測定した結果、一九六〇年以降にできたヤングオイルだということが判明したという論文があってね。ところが、その論文が突然削除されてしまったんだ。しかも私がその論文に書かれていたメールアドレスに連絡を入れても返信がないのだよ。世界各国のヤングオイル研究者たちの間では、その論文執筆者の消息が途絶えたことで、様々な憶測が飛んでいてね」

「どんな憶測です?」

「ずばり、どこかの国、あるいは組織に拉致されたのではということだよ」

「可能性はあるのですか」

「その執筆者はニコライという学者なのだが、どうもヤングオイルの大量生産を可能にするノウハウを得たのではと思われていてね、そうなると拉致して極秘に研究させるということはあり得るな。何しろ、論文が出ないのだから、オープンな研究組織ではないことは確かなんだよ」

「エネルギー問題は国家運営の根幹ですからね」

「そういうことだ。まあ、それは別として、きみが体験したクリュチのオイルも藻類由来かもしれないので参考にしたいと思った次第なのだ」

「私の知る〈神の水〉が藻類でできるオイルと同じメカニズムに従って生成されているのかは分かりませんが」

「それはかまわない、というより、きみが言っていたオイルは無尽蔵なんだな。そちらの方を研究してみたいのだよ」

「私がお供できればいいのですが、なにしろこれからアメリカに行く予定になっていますので、場所を思い出してみます。それから、連絡が途絶えた学者については、ロシア・アカデミーについてがありますので訊いてみることはできますが」

と言ったのは池島への協力姿勢を強調するためだ。いまのアレクセイがロシア・アカデミーに連絡を入れることなど不可能なのだ。

「いや、そこまでしてもらうのは悪い。そのうち連絡がとれるようになることを期待するよ」

「そうなればいいですね」

「あ、そうだ。今晩の懇親会にその論文を持って行くから読んでみてくれないか。コピーを渡すことにしよう」

池島は笑顔に戻り、右手を軽く上げ三号館に入っていった。

アレクセイはイワンに感謝する。

恩師に挨拶しておくべきではないかとイワンが提案してくれなかったら、アレクセイは池島と会うことはできなかった。


ふたりを乗せたタクシーはホテルのエントランスに滑り込んだ。

イワンが支払いを済ませて先に降りた。続いて降りようとすると、イワンが「待て」と制した。

イワンは近づいてきたドアマンを凝視し、周囲に目を配ったあと、アレクセイに目で合図を送り「行こう」と言った。

ドアマンが荷物を持ったとき、ダークブルーのセダンが徐行しながらやってきた。イワンはちらりとその車を見たあと、ドアマンの後ろについて自動ドアを入った。

部屋は二十五階。エレベーターを降りると廊下が左右に伸びている。イワンは部屋番号表を見たあと左に足を向ける。長い廊下を歩き、突き当たりを右に曲がると、わずかひと部屋だけがある。その先は非常出口だ。

イワンは部屋に入ることなく、右手を上げて角を曲がった。

アレクセイはカードキーを手に持ったままドアを背にして立った。目の前の壁に避難経路図が貼られてある。非常口の位置をいくつか確認したあと、イワンが曲がった角から顔を出してみた。いま歩いてきた長い廊下が見え、イワンははるか遠くを歩いていた。

身を隠すにも、相手を狙うにも都合のいい部屋だ。

イワンがくれた予定表はこうだ。

明日はイワンの上司と面談。明後日は横田基地での講演。次の日は米国大使館でのパーティ。

そして翌日がガリーナの公演の日だ。

「演奏が終わったら楽屋を訪ねろ。米国に発つのはその翌々日だ」

イワンはそう言った。

つまりガリーナとの逢瀬が二日間確保されているということだ。感謝すべきか、少ないと怒るべきか迷う。

ガリーナとの再会は嬉しくはあるのだが、なにやら餌を与えられているようで不愉快でもある。

しかも、アメリカの計画通りに事が運んでいる。

疲れがたまっているのか、ベッドに横になり寝入ってしまったようだった。ドアホンの音で目が覚めた。ベッドを離れ、壁に身を寄せた。

ドアホンのあとはノックが三度、二秒置いて三度。

アレクセイはドアロックを解除した。

「そろそろ出かける時間だな」

イワンの言葉にアレクセイは頷く。

「池島名誉教授について調べた。問題ないので楽しんできてくれ。参加者に新聞記者がいるようだが、それも問題ない」

「ご苦労なことだな」

嫌みのつもりで言ったのだが、イワンは右の眉毛を少し上げただけだった。

「明日の講演は何も心配いらない。レジュメも必要ない。これまでの研究成果を適当にアレンジして話してもらえればいい。質疑応答も心配ない。難しい質問は出ないから。大使館のパーティも気兼ねは不要だ。俺が紹介する人間とうまく話を合わせてくれればいい。主張などはするな」

「いま感じたことだが、三日前までの方がむしろ自由だった」

「お前を束縛するつもりはない。安全かつスピーディに事が運ぶように慎重を期しているだけだ」

イワンは感情を交えない口調で言い、さらに続けた。

「問題は次の日だ。ガリーナの公演のあと、ガリーナに会わせる。場所については、いまは言えない。ガリーナにはお前と会えることをいまは知らない。ふたりだけで会えるよう、人を介して段取りは済ませてある。ひとつだけアドバイスするが、子供のように熱くならないでくれ。半年ぶりに恋人に会うのだから少しは興奮するだろうが、変な気を起こしたりするな」

「変な気？」

「日本語で言えば、〈かけおち〉みたいなことだ」

アレクセイが笑い、

「やってみるのもいいかもしれない」

と返し、さらに、

「お前は任務を全うできなかったことで左遷となるが」

と付け加えた。イワンは、無表情のまま、

「左遷では済まない」

と答えたあと、イワンは意味のないやりとりは無用とばかりに話題を大きく変えた。

「これを持っていけ」

ベレッタとホルダーをアレクセイに手渡そうとする。

「不要だ。ここは日本だぞ」

「人間の意識で一番怖いのは、油断だ」

アレクセイは頷き、上着を脱いでホルダーを身体に装着し、銃身長一百ミリ弱、わずか一キログラム弱のベレッタ92の安全装置を確認したあとホルダーに収めた。軟禁された館から出るときに渡された銃より殺傷力で勝る。

5

窓から富士山が見える。

日本人は富士山を崇《あが》める。全国各地に「富士塚」という富士山を模して造営された人工の山や塚がある。いずれも富士信仰を基本としてつくられた。日本人の精神文化の拠り所として大きく機能しているのではとアレクセイは留学時代から思っていた。

広い窓から見える富士山は留学時代と全く変わらない優美な姿だ。活火山なのに噴火の気配は感じられない。カムチャッカで常に噴火を繰り返している火山を見慣れていたアレクセイにとって、やはりここは異国の地だ。

ホテルのスタッフに案内されたところは和室の部屋だった。そういえば、池島教授は大の畳好きだった。

こういう場所を選択したのも、かつての学生時代に戻って池島史貞《ふみさだ》との絆を強めたいと願う教え子たちの心遣いに違いない。

部屋に入ると、参集者の目がアレクセイに集中した。

空いている席に座る。畳の肌触りが心地よい。正座も胡座《あぐら》も留学当時はできていた。しかし、果たしていまはどうだろう。

コの字型のテーブルに十五名ほどが座っている。女性もいるが、男性が圧倒的に多い。雑談していた者たちの口が閉じた。時計を見ると六時ジャストだ。相変わらず日本は時間を行動の軸として神のごとく捉えている。

池島の教え子でもある現役の大学教授が挨拶をして乾杯がなされた。日本の酒席でのしきたりを徐々に思い出してくる。

「はじめまして」

突然の声にアレクセイはとりとめのない記憶から引き戻された。声をかけてきたのは横に座っている女性だ。

「私、大日新聞で科学部記者をしています桐生彩音と申します」

日本人にしては鼻筋が通り、口元がきりっとしている。さらりと流れるような黒髪だ。差し出された名刺には、自己紹介した通りの社名と所属部署が書かれてある。

「アレクセイです。よろしく」

「池島先生にお噂を聞いています」

と彩音が言う。

「どのような噂でしょうか」

「留学一年目は日本語が話せるロシア人と見られていたのが、二年目にはロシア語も話せる日系人だと誰もが思ったという……」

アレクセイは急に緊張が解け、その場で胡座をかいた。

「他には?」

「平和主義者だが頑固者」

「他には?」

「他人に優しいが、釣りが下手」

アレクセイは苦笑する。彩音が追い打ちをかけるように、

「美しい恋人がいらっしゃる」

にこやかに聞いていたアレクセイだが、彩音の最後のひと言で警戒心が芽生えた。

日本に留学していたとき、ガリーナとはまだ再会していなかったのだから、池島が知っているはずがない。ということは、モスクワ時代の生活を情報として把握していたことになる。

池島の表情の変化に気づいたのか、桐生彩音は、

「ごめんなさい」

と頭を下げた。

「恋人のことは、池島先生から聞いたことではなくて、単なる私の思い込みで言ってしまったことです。すみません。憶測で発言してしまって。申し訳ありません」

「そうでしたか。いや、池島先生の耳にもすでに伝わっていたのかなと思っていたところです」

「では、やはりいらっしゃるんだ！　当然ですよね」

と彩音は笑ったあと、真向かいに座っている男に手招きをした。男が立ち上がり、コの字型のテーブルの後部を回ってやってきた。中肉中背の日焼けした男だ。

「紹介します。こちら太田さんです。池島先生の研究グループの一員です。本業は進学塾の講師をしています」

「はじめまして、太田です」

ずしりと響く声だ。濃い眉、まん丸で二重の目、鼻は横にひろがり、顔の中心で存在感を見せつけている。太田は人なつっこい笑顔を見せた。

「お聞き及びだと思いますが、池島先生は藻類の研究がご専門で、私もその仲間に入れてもらっているのです」

「そうでしたか。池島先生の話だと、藻類でオイルを抽出するということですね。確か、論文を書いた学者と連絡が取れなくなったとおっしゃっていましたが。私がその学者と接点があればお役に立つのですが、残念ながら私はアカデミーでは傍流《ぼうりゅう》なもので」

「いえ、その学者のことは仕方がありません。池島先生からお聞きした話で興味を持ったのは、あなたが言われたという〈神の水〉のことなのです。あなたのご家庭が、その〈神の水〉で生計を立てられていたということは、量的に多く、しかも増え続けているのではと想像しています。

となると、私どもの研究テーマにヒントを与えてくれるのではと考えています」

「協力は惜しみません。私にできることでしたら、何でもお手伝いいたしますが」

「実は、そこに案内していただきたいのです」

不法出国してきた身。よほどのことがない限りカムチャッカに戻ることはできない。

「池島先生にも申し上げたのですが、来週には私はアメリカに行くんです。いつまでか分からないけれど、長期滞在になるようです」

「それは残念です」

太田はあっさりと引き下がった。

目の前にある刺身が美味しそうに見えた。故郷では鮭ばかり食べていた。カムチャッカ川を上ってくる鮭の大群が勢いよく飛び跳ねる光景を思い出す。きらきら輝く銀色のうろこは食欲よりも生の躍動を感じさせてくれた。

あいにくと、盛られた刺身の中に鮭はない。

アワビとシャコを取り箸で掴み、手元の小皿に置いた。注がれたビールを飲み、アワビを口に入れたとき、

「食べ方だけ見るとすでに日本人だな」

と声をかけてきたのは池島だった。

池島はどすんと音を立てて畳に腰を落とした。大柄なので、その場が窮屈に感じられる。

「論文を持ってきた」

池島は言い、ファイルをアレクセイに手渡す。あとで読みますと言うと、

「いま、ざっと読んでくれ。わずか九枚ほどだ」

と言う。

「概念を理解できない用語がいくつかありそうですね」

「サマリーだけでもいい」

池島に急《せ》かされ、アレクセイは目を通していった。


ウゾン・カルデラで存在する熱水性石油は地球上で最も若く、五十年しか経っていない。そのことを前提として、この論文では微生物群集の組成、構造、固有の遺伝的特徴を分析して群集の代謝経路を解析した。

ウゾン・カルデラ内のオイルにおける微生物群集は、高温（最高97度）、EhとpHの著しい変動、水や岩石中の硫化物、ヒ素、アンチモン、水銀の高い含有量を有する。これはウゾン・カルデラ内の他の微生物群集と同じ。カルデラ内の微生物やデトリタス（微生物の死骸）などのバイオマスがオイルの有機物の供給源となっていることを示唆する。


続けて残りの部分を斜め読みした。

読み終わって論文を池島に戻そうとすると、

「どうだ？　面白いだろう」

と真剣な表情で言う。

「確かに。先生が藻類研究に没頭されている理由が分かりました」

「何か素っ気ない反応だな」

「すみません。何しろ専門外のことなので」

とアレクセイは言い訳をする。

「ウゾンと同じように微生物由来のオイルが出ているところが他にもあるんだよ。ニュージーランドのナガワとワイオタプ、そして日本の若御子《わかみこ》カルデラ。でも、それらもウゾンと同じで実用化にはほど遠い」

「そうなんですか。残念です」

「そこで、きみに頼みたいことがあるんだ」

と池島が言ったとき、横から太田が口を挟んだ。

「アレクセイ先生はご無理のようです」

「もう話したのか？」

太田が頷く。

「来週には渡米されるということです。長期滞在になると」

太田の言葉に頷いたあと、池島はアレクセイの肩をぽんと叩いてから言う。

「アレクセイ、ずいぶんと硬いことを言うなあ。日本には義理人情というのがあってな。あんたも日本文化にどっぷり浸《つ》かった経験があるのだから、そのあたりをもう一度思い起こして再考をお願いしたいんだが。実に簡単なことだ。ハバロフスクからカムチャッキー行きのフライトで、そこからはカムチャッカ川をカヤックで乗り切ろうじゃないか。途中で釣りも教えてやる。楽しい旅になると思うぞ。いいだろう」

と池島は強引に誘う。

「池島先生、義理人情を発揮したいのは山々なのですが、場所をよく覚えていないんです」

「嘘を言うな。たとえ子供の頃のことだとしても、あんたの記憶力に忘却という言葉は似合わない。それとも、教えられないことでもあるというのかな。カムチャッカと言えば東西冷戦時代はアメリカを睨む前線基地だったそうだな。デタント以降もまだ軍関係は残っているようだが、それに引っかかるということか?」

アレクセイは池島の慧眼《けいがん》に驚いた。これは思いつきで練られたプロジェクトではないようだ。事実を話して、あきらめてもらうしかない。

「池島先生のおっしゃる通りです。私が〈神の水〉を採取していたところは、いま軍の管理下に入っています」

と言うと、池島は口を大きく開けて笑った。

「アレクセイ、あんたは衛星の専門家なのに、自国の軍事行動の撮影画像を見たことはないのか？」

「どういうことでしょうか」

「ロシアは広大な面積をもった国だ。限りある予算を広大な土地すべてに配置するとでも思っているのか？　そのときの情勢を分析しながら軍事予算の配分を適宜変えていくのだろう。過去の歴史を見れば一目瞭然だ。日ロ戦争で日本が勝利したとなっているが、軍備を西側に重点配備していたため極東は疎かになっていたというのが通説だな。我々は、軍事予算の時系列数字を地域別に調べた。具体的な数字は必要ならお見せするが、極東は極端に減っている。我がプロジェクトは、カムチャッカにおける配備状況がどうなっているか、時間帯別の状況まで調べた」

「それで、結果はどうでした」

「兵隊は、夜は寝ている」

と言って池島は豪快に笑う。

「つまり二十四時間監視態勢を敷いていないということだ」

「夜は、真っ暗で動けませんよ。それに人間の足音がすれば、兵士も目を覚ますでしょう。ライフルで蜂の巣になりたくないのですが」

「心配するな」

「何か方法がおありですか」

とアレクセイが訊くと、池島はにやりと笑って、

「高性能ドローンを使う。太田くんのドローン操縦は趣味の域を超えているんだよ」

と言った。

「万全の計画なのですね。分かりました。こちらにもいろいろ事情がありまして、すぐにとは約束できませんが、各方面に相談して協力できるように働きかけます」

アレクセイの言葉を聞いた池島は満足げに何度も頷いた。

彩音と太田が手をとりあってはしゃぐ。子供のような仕草だ。ふたりが恋人同士であることは隠しようがない。

「さすがに義理人情を学んだ男だ。きっと周囲を説得してくれるだろう」

池島は上機嫌だ。

水を差すようで悪いとは思ったが、少し踏み込むことにした。

「先生は、どうしてヤングオイルにご興味を持たれるのですか?」

と問うと、池島は笑みを消し、

「地球温暖化から地球滅亡を阻止するためだよ」

「やはりそういった大きな目標をお持ちだったのですね」

とアレクセイは言った。

「分かりやすく言えば、藻類と光合成によってできるヤングオイルはCO_2を排出しないという

点で最もクリーンなオイルなんだよ。これが実用化されることになれば、地球温暖化、気候変動から地球を守ることができる理想的なエネルギー源となることは確実なんだ。しかも、いま使われている燃焼機関はそのまま使えるし、ヤングオイルに合わせて新たに生産機関や輸送機関などのインフラ投資をしなくて済む。例えば、自動車メーカーなら、電気自動車の開発費用をガソリン内燃機関の効率アップに集中投資することができるというわけだ」

「なるほど。環境と経済の双方に役立ち、結果的に地球の滅亡を阻止できるというわけですね。幅広く展開できるといいですね。まさに理想的なエネルギー源です。先生のご努力が実りますことをお祈りします」

「ありがとう、アレクセイ。きみにカムチャッカに同行してもらうことは、その理想的なエネルギーを実用化させるための研究に必ず役立つと思っているんだ。ぜひ、きみの力を借りたい」

真摯《しんし》な眼差しで話す池島を見ていると、アレクセイの心は乱れたが、それもつかの間のこと、すぐに自分の任務を思い起こし心の平静を保った。

「どうも、きみはいまひとつ私の考えに納得してくれていないようだな。あ、そうか、きみは地球温暖化とCO_2の関係を疑っているのだな?」

「いえ、そういったことではありません」

と小声で答えた。

池島はアレクセイの態度が煮え切らないのをたしなめるかのように再び口を開いた。

「地球温暖化CO_2犯人説が、ある意味間違いであることは知れ渡ってはいる。きみは人工衛星が専門だから雲量や太陽黒点のことが頭に入っていることも分かる。確かに不確かな側面は数多くある。しかしだな。ヤングオイルがクリーンであることは全く疑う余地はないんだよ。炭酸同化でCO_2を取り込むことで生成したヤングオイルは〈実効的にゼロエミッション〉のエネルギーなんだ。廃棄物ゼロなんだよ。そこが最も重要な点だ。ゼロエミッションがもたらす恩恵は巨大だ。地球環境は浄化され、原発のように遺伝子への影響を恐れることもなく、地球全体が住みよい世界になる。それだけではない。いまの世界情勢が、突き詰めれば化石燃料の奪い合いが根本にあることは周知の事実だ。石油の需給を操作したりするから争いが起きる。藻類由来のヤングオイルが全世界に広がれば戦争する必要もなくなる。エネルギー問題は解決し、それだけでなく食料問題も解消できる。私は自信をもってそう言い切ることができる」

池島は活力に満ちた瞳でアレクセイをじっと見つめたあと、

「まさにヤングオイル革命と呼ぶべき壮大な計画なのだよ」

と言った。

6

池島を囲んでの懇親会は三時間ほどで終わった。

タクシーは新宿通りを走っている。右手に上智大学のチャペルが見えてきた。

再び池島の顔が浮かぶ。豪快に見えて、実はデリケートな人間であることは分かっている。無理を承知で頼んでいるのだ。

ほどなく赤坂のホテルが見えてきた。タクシーはエントランスに滑り込む。

エレベーターで二十五階に上がり、部屋のドアにカードキーを当てた。

上着を脱ぎ、ホルダーからベレッタを抜き取りテーブルに置いた。ホルダーを身体から外し、着衣のままベッドに横たわった。

すぐにスマホが震えた。あてがわれたスマホの番号を知っているのは、あてがった本人であるイワンしかいない。耳に当てて、

「ずっと監視しているのか？」

と言うと、イワンは、

「監視ではない。安全の保障だ」

「用件はなんだ？　少し酔いが回ったのでシャワーを浴びて早めにベッドに入るつもりだ。重要な話以外は明日にしてくれないか」

「池島との話を簡潔に話してくれれば、安眠の邪魔はしない」

「カムチャッカへのツアーを組みたいらしい。そこで〈神の水〉を採取したい、と。お前も知っているだろう。私の父親はあの〈神の水〉で生活していた。私は父親と一緒におんぼろトラック

に乗って遠くまで行き、生活の糧を誰にも見つからないように大型容器に入れて持ち帰っていた」

「なんだ、そんなことか」

「彼らは研究のためにその場所に案内してくれというんだ。私はアメリカに長期滞在するので無理だと答えたのだが、あまりにも熱心なので、協力できるよう関係者に働きかけると約束した。関係者というのはお前のことだ」

「無理に決まっているだろうが。お前はカムチャッカを不法脱出した身だぞ。戻れるはずがない」

「だから池島教授に確約などはしていない。また軟禁生活に舞い戻るなど耐えられないからな。私のことはやつらには知れ渡っているのだし、入国時に即逮捕だ」

「それはそうだが、アメリカで整形して、アレクセイの存在を消せば大丈夫かもしれない」

「どうしたんだ？　先ほどの話と真逆のことを言っているじゃないか。可能だということなのか？」

「そうは言っていない。とりあえず、眠ってくれ。明後日はガリーナとの再会の日だ。十分休息をとって、元気な姿をガリーナに見せてやれ」

電話は切れた。しかしアレクセイの目は手に持ったスマホから離れない。

イワンがカムチャッカ行きを承諾するような姿勢を見せたのはなぜだ？

幼なじみの願いを聞いて、任務のために生きる漢《おとこ》としての自分を見失ったのか。

そんなはずはない。

と否定したあと、ひとつの疑念が生まれた。

イワンの狙いが別のところにある可能性だ。

ソファに座って考え続ける。しかし答えが出るはずもない。解が出ない思考は無駄以外のなにものでもない。アレクセイは立ち上がり、上着を脱いで、イワンが言った通り睡眠をとることにした。その前にシャワーを浴びようと思いクローゼットに近づいたとき、ふと空気の流れを感じた。

室内を見回す。

変わった点はない、と思ったとき、カーテンが揺れていることに気づいた。窓は閉めたはずだ。しばらくじっと見ていた。揺れが大きくなった。

近づくと窓が薄く開いている。

アレクセイは窓を大きく開いてベランダに出た。

丸いテーブルを挟んで椅子が二脚ある。手前の椅子に座る。

左右はコンクリートの壁。真正面は赤坂のネオン。耳を澄ませると、かすかに聞こえる車の走行音。空はビルの窓が放つ明かりのために、星も月も雲さえも見えない。飛行機のジェット音は聞こえない。

周囲をもう一度見回したあと、腕を伸ばして椅子の裏側に手を回した。接着剤で軽く止めてあるだけなのか、箱はすぐにはずれた。重い。ＧＯＤＩＶＡのデザインだが、チョコレートの数倍の重量だ。

再度周囲を見回し、振り返って部屋の中をしばらく観察したあと箱の蓋を開けた。

衛星携帯が入っている。

時を待たずに携帯が震えた。耳に当てる。「ＩＬ」の低い声が聞こえてきた。

「無事でなによりだ」

「なぜすぐに救い出してくれなかった？　理由を聞きたい」

強い口調で言った。

ＩＬがアレクセイの動向を把握できないはずがない。にもかかわらず、奇妙な館で自由を奪われたままの仲間を放置していたのだ。

ＩＬが答える。

「電話が通じなくなった時点で気づいた。多数動員して足取りを追った」

「モスクワからカムチャッキーまで徒歩で行ったとでも思ったか？」

「敵側が、お前をわざわざカムチャッキーに隔離する必然性も合理性もないと考えるのが妥当ではないか？　だから、モスクワ市内をしらみつぶしに探した。どれだけの人と金を使ったと思っているんだ」

言われてみればそうだ。なぜＣＢＰは軟禁の場所をカムチャッキーにしたのか？　と思いながらも、

「ＣＢＰの行動範囲はモスクワだけではない。モスクワにいなければ、私が生まれ育ったカムチャッカを探索するのが理にかなっていると思うが」

と言うと、

「本当にカムチャッカだと言い切れるのか？」

「レーニン像が見えた。子供の頃見ていたものと同じだ。弾丸が通った穴から見たのだが、間違いない」

「現代の技術は、どんな細工でも可能だが」

と言われて、アレクセイは一瞬たじろいだ。遠くに見える森、教会の尖塔が微妙に違っていることに気づいたのはアレクセイ本人だったのだから。館を出るときはステンレスのケースに入れられていたので、実際にレーニン像を見たわけではないのだ。

しかし、確信できる材料もある。

「航行時間で推測はつく。カムチャッキーからハバロフスクまでの時間とすれば、それほど違和感はない。モスクワでないことだけは確かだ」

ＩＬは黙った。数秒後にＩＬが再び問いかけた。

「さっき、ＣＢＰの名前を出したが、あの組織の犯行だと誰かが言ったのか？」

とＩＬが笑う。

笑いには憶測でしゃべることへの揶揄が含まれている。

「ではどこの誰が私を拘束したのだ？」

「それが分かっていれば、すでに行動に移している」

今度はアレクセイが黙った。

ＩＬが話題を変えた。

「連絡はその携帯電話で行うので、肌身離さず持っておいてくれ。ＧＯＤＩＶＡの箱はイワンから与えられたスマホ用に使えばいい。鉛が電波を遮断する」

「了解した」

「それから、これからのことだが、若干の修正がある」

「修正？　イワンが決めたスケジュールのことを言っているのか？」

「そうだ」

「モサドはいつからＣＩＡの傀儡《かいらい》になった？」

皮肉を込めて言うと、

「よく考えてものを言え。我々とラングレーがたまに共同歩調をとることを知らないはずはないだろう？」

とＩＬの口調には余裕が感じられる。しかし、アレクセイはＩＬのいまの言葉を信じない。

「国家元首を暗殺するというレベルではないぞ。単なる衛星学者の私のために二大防諜機関が共同歩調をとるはずはない。もっともラグーン計画に関係しているのなら別だが」

と言うと、ＩＬからいつもの即答が返ってこない。コンマ数秒の遅れは、ＩＬが迷っていることをあらわしている。

「いや、その心配はない」

と、ようやく否定したものの、言葉に勢いは感じられない。

「自信満々だな。私はその言葉を信じて行動しているのだから、そのことは忘れないで欲しいな。天下のモサドといえども穴が皆無ということはないだろう。針の穴からでも大きな情報は漏れていくのではないか」

「お前の心配は杞憂だ。なぜなら、アメリカの狙いははっきりしているからだ。つまり攻撃衛星の研究だ」

「アメリカに行けと言っているのではないだろうな」

「もちろん違う。お前をアメリカには行かせない」

「イワンはそう甘くないと思うが」

「確かにそうだ。しかしいまイワンはお前を救い出すという大仕事を終えて気が緩んでいる」

「確かにな」

アレクセイは部屋に戻り、ソファに座った。

「ところで、修正というのは？」

「ふたつある。ひとつは、日本の学者のカムチャッカ行に同行してくれ」

アレクセイは心の中で首をひねった。

「無茶なことを言わないでくれ。空港で逮捕される。アメリカのパスポートはあるが顔でばれる」

「顔を変えたいのなら変装するんだな。いまは精巧なゴムマスクが簡単に手に入る」

「同行する池島グループの連中が不審に思うじゃないか」

「では、顔認証システムを改ざんしておこう」

ＩＬが言うのなら入国は可能だろう。

しかし、再び首をひねる。

そうまでしてカムチャッカに逆戻りさせる意図が分からない。

「カムチャッカで〈神の水〉の場所を教えても、イスラエルや私は何らの恩恵も受けはしない。そんなことを承知で、なぜ無駄なことをさせるのだ？」

「ひとつはお前が受けた仕打ちを解明しておきたいのだ。お前が思っているようにＣＢＰの仕業だったのか、あるいは別の組織だったのか。もうひとつは、日本の池島グループの狙いを知りたい」

アレクセイは冷蔵庫からミネラルウォーターを取り出して喉に流し込む。

面倒なことをやらされている。

「どうした？」

「別に何でもない。水を飲んだだけだ」

「現地に着いたら、機会を見つけてお前が軟禁されていた場所に行ってみてくれ。手がかりがみつかるかもしれない」

「せっかく救出されたのに、再び火の中に飛び込めというのか？」

「今回は任務だ」

自分を取り巻く環境が複雑化していく。正直、面倒なことをやらされているとアレクセイは思う。

「不満か？」

「いや。もちろん従う。で、もうひとつの修正とは？」

「ガリーナのリサイタルが延期になった。会場爆破予告が出た。これは事実だ。延期せざるを得ない。プロモーターがいま会場を探しているそうだ。延期といっても三日ほどだろう」

「物騒だな。爆破予告も私に関係しているのか」

「いま調査中だ」

「早く結果を出してくれ。落ち着かない。明後日ガリーナに会えると思っていたから」

「その日程に変更はない」

「本当か？」

アレクセイは自分の大声に驚いた。

「明日、お前の部屋にガリーナを向かわせる。変装している。イワンに知られないためだ」

「公演延期の話はイワンにすぐ知られるのではないか」

「もちろんだ。ただ、ガリーナとお前の関係については私が主導で行う」

「カムチャッカ行きもか？」

「それは少し違う。イワンもその気になっているようだ。ラングレーに直談判したようだ。その理由は分からない。アメリカが承諾した理由も不明だ」

「どんな力学が働いているのだ？」

「気まぐれという力学だ」

笑いもせずにＩＬは冗談を言った。つまりは、理由は教えないということだろう。

以前のアレクセイだったら怒っていただろう。でも、いまは穏やかな気持ちを保つことができる。

なぜなら、珍しくＩＬは鞭を捨てて飴を放ってくれたからだ。ガリーナという高級な飴を。

7

顔は男で声は女。

ＩＬがイワンに悟られないように変装させたようだが、まさか男装だとは思いもしなかった。

「いま外すから待って。これじゃ半年ぶりのキスもできないわ」

ガリーナがもどかしそうにゴムマスクを外そうとする。焦れば焦るほどうまくいかず、アレクセイはガリーナの肩に手を置き、「落ち着け」と言った。

ゴムマスクが外れたとき、ガリーナの瞳はなぜか恥じらいの色が揺れていた。両手で髪を整えたあと、アレクセイの身体に触れようとする。

アレクセイはガリーナの肩をつかんで遠ざけた。唇に左の指を這わせ、右手の平で頬をなでる。

ブロンドの髪。切れ長の目の奥で輝くブルーの瞳。ウクライナ人の血を引いた高い鼻梁と気高い頬。

すでに恥じらいの色が消えたガリーナの瞳の奥を見つめ、バラ色の唇に触れた。

フルーツの香りが漂うガリーナの唇と吐息。

豊満な身体をタイトに締め付けている服のジッパーを下げた。

胸を中心にガリーナの上半身に白い布が巻かれてある。

すべてを取り外すと、ガリーナの身体が息を吹き返した。

裸体を見ていると、半年前のことが蘇る。

モスクワで借りていたアレクセイの家。ベッドから気だるそうに起き上がったガリーナはバスルームに向かう。均整のとれた身体は恥じらいを忘れてアレクセイの記憶から抜け落ちないようにこちらを向く。形のいい乳房が揺れる。

毎夜、ガリーナとともに眠りに就き、身体を密着させたまま目覚める。

そんな生活が一夜にして消滅した。

アレクセイはガリーナが知人宅に行っている間に襲われ、腕に注射針を刺されたのだ。

「何を考えているの？」

アレクセイは我に返り、慌てて言い訳をする。

「きょう、いまの時間を与えてくれた神に感謝していた」

「半年の間、ずっと祈っていたの、そして信じていた。この日がやってくることを」

ガリーナの人差し指がアレクセイの頬をなでる。

ガリーナは一九九五年、わずか十三歳のときにクロアチアのザグレブ国立音楽院に入学した。クラシック・ギターの才能が評価されての国費留学だった。

その四年前、アレクセイは十五歳の若さでモスクワ大学に入学した。ソビエト連邦が崩壊しロシア連邦が生まれた年のことだ。

アレクセイは学業に心血を注ぎ、若くして学位を取り、アカデミズムの階段を着実に昇っていった。

アレクセイが二十六歳になった二〇〇二年、大学キャンパスのベンチに一枚のチラシが落ちていた。秋が深まるころのことだった。アレクセイはチラシを拾い上げ、そこに書かれた名前と写真を見て驚きの声を上げた。

ガリーナのリサイタルのことが書かれてある。しかも場所はモスクワだ。

リサイタルが終了したあと、アレクセイは大きな花束を抱えて楽屋を訪ねた。

アレクセイを認めたガリーナは、

「アリーシャ！」

と叫んだ。愛称で呼ばれるのは何年ぶりだろうか。

ガリーナが胸に飛び込んできた。

「演奏中、あなたの姿が見えた。半信半疑だったけれど、私はあなただと信じ続けて演奏したのよ」

アレクセイ二十六歳、ガリーナ二十歳のときだった。

ガリーナが寝息を立て始めたとき、イワンとの約束を思い出した。アレクセイはガウンを羽織って、ＧＯＤＩＶＡの箱からスマホを取り出してベランダに出た。

すぐにスマホが震えた。

窓越しに部屋の中を見る。ガリーナは先ほどと同じ格好のまま寝入っている。イワンがどの程度知っているのか興味がわき、同時にいたずら心が芽生えた。

「ガリーナの公演はどうなった。無理だということか？」

「悪いが、お前の滞在中は無理だ。でも約束しよう。渡米したら必ずガリーナに会わせる」

「珍しいな。お前が約束を守れないとは。ＡＩ機能付きのＣＩＡなのではないのか」

「お前の嫌みは聞き流せるからいいが、ＣＩＡの悪口は言うな。ちゃんとＡＩ能力は装備している。その証拠に、お前に男色趣味があることが分かったからな」

アレクセイは笑った。

「俺の部屋にやってきた男のことか？　単なる旧友だと言っても信じてもらえないだろうから、お前の想像が正しいということにしておこう」

イワンは無言だ。

「ところで、日程に余裕があるようなので、池島教授たちと六本木に繰り出そうと思っているのだが」

「好きにすればいい。俺はお前の自由を保障する」

電話は切れた。

部屋に戻り、ベッドに横たわると、ガリーナが目を覚まし抱きついてきた。イワンの勘違いがおかしくて仕方がない。

「何を笑っているの?」

「明日、六本木のライブハウスに行かないか?」

「それで嬉しそうにしているのね。いいわよ。でも、また変装しなくちゃいけないの?」

「いや、素顔のままで」

と言うと、ガリーナは安堵の表情を見せた。

すぐに六本木のライブ情報をチェックしたあと、記憶にある太田竜一の携帯番号を入力する。しばらく待ったが発信音が鳴るだけだ。非通知だから当然だ。留守電に切り替わった。メッセージを入れて電話をオフにした。

すぐに太田から電話がかかってきた。

太田は、六本木への誘いを躊躇うことなく承諾した。

ところが、電話を切ったあとすぐにスマホが震えた。太田の電話番号が表示されている。都合が悪くなったのかもしれない。受話ボタンを押した。

「先生、明日の午後は何かご用がありますか」

と訊く。フリーだと答えると、

「実は、研究施設の見学にきてもらえないかと思いまして。お昼に出発すれば、夕方の六本木ライブには十分間に合います。いかがでしょうか」

「例の藻類を使って光合成によってオイルをつくる研究施設ですね？」

「はいそうです。池島先生に伝えましたら、ぜひ見ていただきたいということでした。彩音も一緒に行きます」

「では、私の方も知り合いを連れて行っていいですか」

「もちろんです。学者さんですか」

「いえ、全く違う世界の人間です。実はギタリストなんですが、場違いでしょうか」

「そんなことありません。大歓迎ですよ。彩音がギターを習っているようでしてね。コンサートにはいつも付き合わされます。彼女のお気に入りはガリーナなんとかというロシアのギタリストです」

アレクセイは言葉に詰まった。

「どうしました？　先生」

「すみません。ちょっと咳き込みました」

明日の約束の時間と場所を決めて電話を切った。

さて、ガリーナを連れて行くと、事態はどのように変化するのか？

すぐにイワンに明日の予定を伝えた。次に衛星携帯を引き出しから取り出して、同じことをILに話した。双方とも、わざわざ許可を取ることではないと言って無関心を示し、そのあと、どういう施設だったか簡単にレポートしてくれないか、と付け加えた。

「スマホ」も「衛星携帯」も示し合わせたかのように同じ反応だった。


翌朝目覚めたとき、ガリーナの姿がなかった。

一瞬鼓動が激しくなったが、シャワー室から聞こえてくる音で思い違いに気づいた。ガウンを着て、バスタオルで髪を拭きながら姿を現したガリーナは一年前の優美な顔つきに戻っている。アレクセイにキスをし、目を見つめながら「おはよう、マイ・ニェルカ」と言った。ニェルカはサケを意味する。子供の頃、川を登ってくるサケを手掴みして遊んでいるとき、サケと同じように飛び跳ねているアレクセイを見て、「ニェルカにそっくり」とガリーナは言い、それ以来、ときおりアレクセイを「ニェルカ」と呼ぶ。

「あと一時間で準備ができるか?」

「どこに行くの?」

アレクセイは太田と一緒に藻類の研究施設に行く約束をしていることを告げた。カムチャッカの〈アクアム・デイ〉に興味を示しているのだと付け加えた。

「懐かしいわね、アクアム・デイ。当時私は八歳。あなたは十四歳で、翌年モスクワに行ってしまって会えなくなったの。悲しかったわ。でも、一緒に遊んでいたときはとても楽しかった。あなたは博学で、カムチャッカ川にサケが飛び跳ねながら上流に登ってくる理由や、ヒグマの習性など、丁寧に教えてくれたわ。いまでも覚えているのは、ニェルカは産卵を終えて死んでいくのだけれど、ただ死ぬ訳ではない。体内から出たリンやチッソは川床に沈み、それによって植物プランクトンの光合成が盛んになって酸素が増える、という事実。

あなたは言ったわ。死ぬことがすべて悲しいことじゃないんだ、と。そんなことまで教えてくれたのに、アクアム・デイの場所だけは秘密だったわね。重そうに天秤を抱えて町を歩く姿をずっと見ていたわ。お手伝いしたかったのに」

「手伝ってもらうほど重くはなかったんだよ。それに当時の行商で筋肉が鍛えられたからね。腕なんかこんなだ。ライフルなんか簡単に連射できる」

と上着の袖をまくり上げて、筋肉質の太い腕をあらわにした。ガリーナはその腕に指を這わせたあと、笑みを浮かべた。

「ライフルの連射は、あなたにはできないわ。たくましい腕を持っていても心は優しいんだもの。平和主義者は銃を持つことに抵抗があるはずよ。それともモスクワ時代にときおり私の前から消えたのは射撃の練習でもしていたの?」

ガリーナの最後のひとことに動揺したものの表情には出さずに言った。

「そのつど説明したはずだが。研究に没頭して泊まり込みだった。信じていないのかい?」

ガリーナはアレクセイの胸に顔を埋めて言う。「もちろん信じているわ」

ガリーナの髪はすでに乾いている。彼女の髪から立ち上る香りがアレクセイの気分を高揚させる。と同時に、さっきガリーナが最後に言ったことが気に掛かった。ガリーナの直感は鋭い。定期的にイスラエルに行き、モサドの一員としての訓練を受けていたことに気づいていたのだろうか。

部屋に置かれた電話が鳴った。

ガリーナから離れて電話が置いてある所に歩みよって受話器をとった。フロントの女性が、太田が来たことを告げた。

準備を済ませてガリーナと一緒に部屋を出た。

エレベーターが降りていく。ガラス張りなのでホテル内が見渡せる。ガラスを拳で叩いてみた。軽い音がした。これだとライフルは簡単に貫通する。狙ってくれと言っているようなものだ。世界標準からかけ離れた日本の平和をまたひとつ見つけた。

エレベーターを降りると、ソファに座っている太田が立ち上がり笑顔を見せた。太田はガリーナを一瞥した。アレクセイは彩音を見た。挨拶をしようとしたのだが、彩音の目はアレクセイを見ていない。

「失礼ですが、あの……」と言いよどむ。太田が横から、「彩音、どうした？　知っている人なのか？」

「ガリーナさんじゃないでしょうか」

ようやく口にした。半信半疑と期待が入り交じった表情だ。

ガリーナが笑顔を見せた。

「ガリーナ・ソロコフです」

彩音は放心したまま「夢のよう」とつぶやいた。

饒舌な彩音の口が閉じてしまった。乙女チックな彩音を見ることができたのもひとつの収穫だ。

エントランスに停めてある太田の車に乗った。車の中には池島がすでに乗っていた。総勢五人。

太田の運転で車はスタートした。


池島たちの研究施設は国と民間企業が出資したものだと聞いた。

車は山に向かって一定の速度で走っている。運転席の太田が昔話のようにゆったりとした口調で話し始めた。

「施設をつくるに当たって、候補先はたくさんあったんです。市町村からの売り込みもありましたし、文科省が独自に探してくれたところもありました。でも、どれも一長一短でしてね。もちろん金額、つまり土地代も含めての話ですが。そんなとき、彩音がここを見つけてくれたんです。湿度と快晴日数が決め手になりました。山梨県は快晴日数が全国四位なんです」

池島があとを継ぐ。

「藻類は水中にあるが、陸上植物と同じように光合成を行って、その代謝産物としてオイルを生成するんだよ。だから太陽がよく当たる環境が条件になるというわけだ」

「藻類と言っても、種類はたくさんあるのでしょうね。オイル産出量が多いものもあるのですか」

と訊くと、池島は答えてくれた。

「当初は土着の藻類を使っていたのだが、抽出できたオイルの量があまりにも少なかったのだよ。そこで〈水熱液化〉技術を採用したところ十分なオイルを回収できてね」

「水熱液化と言いますと？」

「藻類細胞を高温高圧下に十〜六十分程度おくと、藻類有機物を原油に変換することができる仕組みでね」

「どのくらい回収できるのですか？」

「藻類中に含まれる有機物の三〇〜四〇パーセント。誤解しないでくれたまえよ。原油と同質なんだからな。石油が何億年もかけて生成した条件を人為的に再現するというわけだ。我々はこれをバイオ原油と呼んでいる」

池島の情熱あふれる弁舌に釣られて、アレクセイは気分が高揚し前のめりの質問が止まらなくなった。

「コスト試算はどんな感じですか？」

「バイオ原油一リットルあたり百円を切ることも可能だ。もちろんいまのままだと四千円を上回ってしまうが、肥料の代わりに下水を使って下水処理収入を上乗せしたり、酢酸を添加して光合成を活発にすれば実現できる」

「だったら事業化できるではないですか」

「その通りだ。それだけではない」

と池島は言い、続けた。

「一万ヘクタールから三〇万トンのオイルを生産すると試算すると、日本の耕作放棄地が四十万ヘクタールあると言われているので一二〇〇万トンの生産が可能になるわけだ。現在日本の原油輸入量が二・五億トンとすると、わずか五パーセントに過ぎないが、産出効率のいい藻類や技術開発でモデル化すればさらに増え全国展開できる。そうなると国内需要を満たすのみならず石油輸出国になることも可能だと私は考えている」

「素晴らしい」

とアレクセイは言ったが、池島の表情がぎこちない。そのとき、以前池島が「コストがネックだ」と言ったのを思い出した。

アレクセイの表情を読み取ったかのように池島が言う。

「きみが疑問視したコストというのは、つまり予算の調達ということなんだよ」

アレクセイは得心がいく。

「で、どのくらい必要になりますか?」

「一〇〇〇億は必要だ。ただこれに伴う市場規模は二五〇兆円だからね」

二五〇兆のための一〇〇〇億なら投資に見合う。

「それだけ優秀なオイルなのに他国は気づいていないのですか？　例えばアメリカはどうなのですか？」

とアレクセイが訊くと、池島は無表情で口を開く。

「もちろんアメリカも気づいていた。一九七八年という早い時期に藻類オイルの研究をスタートさせたのだ。きっかけは二度のオイルショックだよ。研究はほぼ二十年続いた。しかしけっきょく採算ラインに乗せられないということで断念したようだ。当時はまだボトリオコッカスやオーランチオキトリウムも知られていないときだったからね」

「それらふたつは藻類の種類ですね。オイル産出効率がいいのですか」

「そうだ。オーランチオキトリウムは光合成の必要がなく、有機物で炭化水素を蓄積できる特異な藻なんだ」

「お話を聞いていると、日本が石油輸出国になる日も近いと感じますね。世界があっと驚くのではないですか」

とアレクセイが言うと、

「いや、そう簡単ではないんだ。もっと効率のいい藻類の発見、あるいは技術開発の目処が立たないと無理だろうな。それで目をつけたのが、きみが言うところのアクアム・デイなんだよ。湧き水のようにこんこんと流れ出るオイルの組成とメカニズムをどうしても知りたいんだ。そこにヒントがあるように思えるのさ」

池島は目を輝かせた。


研究施設の見学が終わり、五人は再び太田の車に乗った。途中で池島を自宅で降ろし、四人で六本木に向かう。

車中でアレクセイはいま目にした研究施設について考える。確かにオイルは創出できている。理論的裏付けにも隙がない。

だからと言って容易に事業化ができるとは限らない。とくにオイルはエネルギーの根幹、国家の屋台骨だ。簡単に扱えるものではない。

米ロ中東が扱う量をヤングオイルでまかなうなど無謀も甚だしい。

「池島先生の高い理想と志に感服したのですが、素人の私には池島先生の計画がうまくいくのか、いまひとつ分からないのです。そのあたりは太田さんや彩音さんはどうお考えですか」

と訊いてみた。

「理想は高くもて！　ですよ。最初から無理だと思っていたら何もできはしないと思うんです」

と太田は答えた。横から彩音が言葉を挟む。

「石油産業の起源をみてみると、小規模からのスタートだったんですよね。だから池島プロジェクトは不可能ではないと私は思っています」

彩音の言葉を受けて太田が再び口を開く。

「確か一八五九年でしたか、わずか日量三〇バレルの採油に成功したとき、〈ロックオイル〉と呼ばれて地面から滲《にじ》み出る物質というくらいにしか認識されていなかったんです。採掘を始めたのがエドウィン・ドレークという男だったので〈ドレークの愚行〉と蔑《さげす》まれましてね。それが、いまや国家の存亡に大きな影響をもつ化け物になってしまったわけですから」

車は六本木の雑踏の中を通り抜ける。

太田は車をコインパーキングに停めた。ライブハウスは歩いてすぐの所にある。

向かっていると、衛星携帯が震えた。

「電話が入ったので先に行っていてもらえますか。すぐ終わりますので」

と三人に言い、携帯の受話ボタンを押した。

携帯を耳に当てたまま周囲を見回した。ビルの脇に階段が見えた。近づくとゴミの臭いがする。ステップがすべて黒ずんでいる。ここなら安全だ。

ＩＬがしゃべり始める。

「ヤングオイルの施設はどうだった？」

「池島教授の情熱は伝わってきた。石油を中心としたエネルギー政策は国家の基本。それが揺らげば国家も揺れる。だからしっかりした自給自足ができるエネルギーを供給できる体制をつくりたいというのが教授の行動理念だ」

「施設そのもののことを訊いているんだ」

「立派だが、まだまだだな」

「了解した。ところで、明後日ホールがとれたようだ。そこでガリーナの公演を行う。お前は客として楽しんでくれ。場所は青葉台だ。詳細については、ラングレーが教えてくれるだろう。そろそろイワンの耳に入る頃だ」

「ちょっと待ってくれ。私はいつそちらに行くことになるんだ？」

「未定だ。しかし、イワンがアメリカにお前を連れて行く日の前にはテルアビブ行きの飛行機に乗せる」

ずいぶんと自信のある言葉だが、アレクセイは大船に乗った気にはなれない。

「短い時間だが、ガリーナを説得してくれ。ガリーナはお前の研究意欲を増進させる」

納得のいかないまま電話を切ろうとしたとき、ＩＬがひときわ大きな声で話し始めた。

「演奏会場でお前にやってもらいことがある」

「言われた通りにしよう。命じてくれ」

「お前の席の二列前左方向にブロンドの紳士が座っている。演奏中でも少し目をやれば、その男の横顔が視界に入る。演奏会の合間、休憩のときも注意深く観察して顔と仕草をしっかり頭に焼き付けてくれ、歳のころは四十前半。お前と同じくらいだ。ブロンドヘアとブルーの目を持っている。身長百八十五」

「名前は?」

「知る必要はない」

「私の任務は?」

「いまはない。しっかり目に焼き付けてくれるだけでいい」

電話は切れた。

携帯をポケットに仕舞ったとき、何かが飛んできた。

咄嗟に身をかがめたが遅かった。

後頭部に衝撃が来た。頭の芯がしびれて頽《くずお》れた。太い腕がアレクセイの首に巻き付いた。獣の匂いがする。反撃を試みるが、男の腕はがっちりとアレクセイの首に巻き付き、万力のように絞めてくる。さらに悪いことに、目の前の階段にふたりの大男が姿を現し、ゆっくりと降りてくる。ひとりはスキンヘッド、もうひとりは両腕にドラゴンのタトゥー。ふたりともプロレスラーのように胸板が厚く、腕は丸太ん棒のように太い。

チャイナか? 海兵隊崩れか? 西欧の傭兵か? 頭の中で値踏みしながら、同時に闘いのシナリオを描く。

右足を強く地面に叩きつけたあと、靴のかかとを後ろに数回当てた。タップとともに飛び出すナイフの存在まで相手は知らなかったようだ。

首に絡みついていた万力が外れた。振り向きざま、両足を踏ん張り男の顔に正拳《せいけん》を見舞った。男が仰向けに倒れ、後頭部が床に激しくぶつかり大きな音をたてた。

背後に男の気配を感じたので右足を後ろ向きのまま蹴り上げる。男はゴミ箱とともに転がった。振り向くと、もうひとりの男が繰り出すナイフがアレクセイの右頬まで五センチのところを通り過ぎた。前のめりになった男の腹に右足を蹴り込み、すぐに右手に手刀をたたきこむ。男のナイフが地面に落ちる。ゴミ箱に挟まれるようにして横たわっている男のポケットをさぐる。すべてを抜き出す。確認はあとだ。左ポケット、尻のポケット。すべてを抜き去り、階段を駆け上がった。

危険なゴミ置き場だと気づかなかったことを後悔しながら走り、ライブハウスのドアの内側に身体を滑り込ませた。

トイレに入り、男から奪ったものを確認した。

財布には日本円紙幣、手帳には何も書き込まれておらず、誰の名刺も挟まっていない。スマホは電話、メールとも履歴なし。検索履歴もなし。

手がかりは皆無だが、ひとつだけ収穫があった。

殺意が感じられなかったことだ。

鏡で髪を整える。傷跡がないか確認し、手を洗いトイレを出た。

派手な衣装の四人組ロックバンドの演奏が鳴り響く。ほとんどの客の目が舞台に集中しているのに、一部場違いなグループがいる。

後部の目立たないテーブルに三人を認めて近づいた。アレクセイに気づいた彩音が、「遅かったですね」と言ったが三人ともさして気にしているふうでもない。テーブルの上にはビールのジョッキ、ウィスキーグラス、バーボンのボトルが載っている。勧められるまま空いている椅子に座った。

宴は続く。演奏が始まると聴き入る。終わると歓談する。話題は多岐にわたるが、池島グループの研究の話は出ない。ときおり大笑いし、冗談を言い合い、時間が過ぎていく。

アレクセイも笑みを浮かべて話を合わせ、ときにはカムチャッカ時代の話を披露する。そんなときでも、先ほどの格闘のことが頭を離れず、気持ちは沈んでいる。

帰りのタクシーの中で、ガリーナが言った。

「心配したわ。何があったの?」

「電話が長引いただけさ」

と答えると、ガリーナは、

「服にゴミの匂いがついていて、右手のこぶしがこんなに赤くなっているのに?」

と小声で言った。


翌日、夕日が沈み始めたころ青葉台ホールに着いた。

ガリーナの演奏を聴くのは半年ぶりだ。モスクワで一緒に住んでいたころは、隣室から聞こえてくる練習中の音色をほぼ毎日聴いていた。

一曲目からガリーナは聴衆を魅了した。

こんこんと湧き出る泉のような音色は透明感にあふれている。半年前からの変化を感じ取る。持ち前のテクニックを前面に出さない品位の高さ。

各楽章の間に拍手が鳴り響くのだ。聴衆は彼女が生み出す一音一音に聴き入っている。ただひとつの咳払いもない。

構成も選曲もいい。趣の違った曲を選ぶのは、彼女の持ち味のひとつだ。ソルの有名な曲のあとにはタレガの質の高い曲というように。難曲のあとにはポピュラーな曲を。

「無伴奏チェロ組曲」、「最後のトレモロ」、「アルハンブラの想い出」、「アストゥリアス」、「イエスタデイ」、「大聖堂」、「カヴァティーナ」、「スペイン舞曲第十番」、「ベネズエラ風ワルツ」。

ラストの曲が終わったあとも弦の共鳴が続く。余韻を切らないようにガリーナはギターを見つめる。数秒後、共鳴が静かに幕を閉じ、ガリーナの右手が六本の弦に添えられて演奏の終わりが告げられた。アレクセイの心にはまだ余韻は続く。

拍手が鳴り止まない。立ち上がって頭を三度下げて、ガリーナは舞台の袖に姿を消した。数秒後に再び姿を現し笑顔を見せたあと椅子に座る。ホール全体が沈黙する。

アンコールは二曲だった。

バリオスのフリア・フロリダ、そしておそらく初めて聴衆の前で弾くアルフォンシーナと海だ。アルゼンチンのメルセデス・ソーサが歌ったフォルクローレ。ソーサが哀しくも力強く歌い上げた名曲を、ガリーナはさらに詩情豊かに弾く。聴衆の心の奥底に染み入るように。

この曲をいつ、どこで練習したのだろうか。少なくとも半年前までにこの曲を弾いているのを聴いたことはない。

万雷の拍手が会場の隅々まで響き渡る。隣に座っている中年女性がため息をつく。

拍手のスピードが上がる。

アレクセイはガリーナをほとんど見ていなかった。

音は耳に拾わせながら、目は名も知らぬ金髪の中年男に張り付いていたのだ。

男は、一ミリも身体を動かすことなくガリーナの演奏に聴き入っているように見えた。高い鼻梁と引き締まった口元。ギリシャ彫像のような男は、アンコール要請の拍手もせずにじっと舞台を見つめていた。周囲が帰り支度を始めたとき、男はようやく立ち上がった。アレクセイは体つきを観察した。聞いていた通りの身長であるが、ＩＬが言った年齢よりも若く見える。すっと伸びた背筋のためかもしれない。

男が出口に向かう。アレクセイは後を追い始めたが、すぐに足を止めた。その必要がないことに気づいたのだ。

街角ですれ違ったり、ビルの屋上から双眼鏡で地上を観察したり、あるいは聖歌隊に男が紛れ込んでいたとしても、アレクセイはあの男を特定できる。

任務は、滞りなく終わった。

しかし、なぜか落ち着かない。男の素性を聞かされていないからだ。様々な人物像が浮かぶが、どれも確たるものはない。ただひとつ確実なことは、アレクセイは今後永遠にあの男にかかわり、いずれ下されるＩＬの指示を待つことになる。

殺るのか、抱き込むのか。

闇の中を彷徨《さまよ》うことを、アレクセイは極端に嫌う。

第二章　二〇一九年八月（前）

1

イワンはマグナムの撃鉄を起こした。

自分のこめかみに銃口を当ててみる。

点滅するビルの光は灰色で、数珠つながりの車の列がつくるヘッドライトのラインはくすみ、東京湾から打ち上げられる花火さえも、本来の明るさにはほど遠い。

アメリカも日本も濁っている。

マグナムを持つ手をだらりと下げる。テーブルにマグナムをそっと置く。引き出しを開けて白い小瓶を取り出す。しばらく見つめたあと蓋を開け、中に入っている白い粉を手の平にほんのわずかだけ載せる。

鼻から一気に吸い込む。

海兵隊のとき葉っぱを覚えた。秘密のパーティでLSDを試した。SWAT時代にコカインに手を染めた。

CIAから誘いの声がかかったとき、コカインをきっぱりとやめた。

やめて正解だった。

訓練は過酷で、死に直面するシミュレーションは常に恐怖と隣り合わせだ。その恐怖とたたかうためにコカインを頼れば判断力が削がれけっきょくは死に至るからだ。

東京の濁った夜景さえ見なければ、コカインに再び頼ることはなかったはずだ。

白い粉が血管の中をゆっくりと通っていくのが分かる。あと二分もすれば身体中に快感が走る。

気持ちが軽くなるとともに、カムチャッカ時代の記憶がやってくる。

幼なじみのアレクセイがモスクワに旅立った。ガリーナはずっと泣いていた。イワンはガリーナを慰めるのだが、九歳の女の子は泣くことしか知らなかった。父親が使っていた古いギターをガリーナにプレゼントした。それでも泣き止むことはなかった。

十二月二十五日、街は妙に賑やかだった。ガリーナの家を訪ねた。ガリーナは壊れかけたギターで美しい曲を弾いた。楽譜など手に入らないし、あっても読めない。ガリーナはラジオから流れる曲から学んだのだと言った。

イワンは安堵した。もうアレクセイがいなくなった悲しみは消えていると思った。事実、ガリーナの顔に涙の跡はない。ギターを奏でるときのガリーナはいままで見たことがない表情をしていた。名も知らぬ悲しげな曲をつま弾き終わると、ガリーナは顔を上げて笑顔に戻った。閉め切った窓から月明かりが差し込む。ガリーナが言った。「いまの曲、月光というの。フェルナンド・ソルという人が作曲したそうなの」

美しいメロディがイワンの頭に残る。心地よさを損なわないために本物の月の明かりを見ようと窓辺に立った。月は凍てつく空気の中で輝いていた。いま聴いたギターの音色とオレンジ色の満月が重なる。ガリーナが四年後に、わずか十三歳でザグレブ国立音楽院に留学することになるとは予想すらできなかった。

開いた窓からは騒々しい人の声が流れてくる。ウォッカを飲みながら踊り狂う人間たちが大勢見えた。後ろから声がした。振り向くと、ガリーナの父親が言った。

「ソ連邦が崩壊したらしい」

一九九一年。イワンが十五歳のときだった。

政治的意味は分からなくても、大変なことだということは周囲から伝わってきた。

そして翌年の春には、イワンの生活を大きく変える出来事があった。

イワンが川でニェルカをつかみ取りしていたとき、強烈な獣臭《じゅうしゅう》がイワンの鼻を襲ってきた。ヒグマだとすぐに気づき、川から上がって走り始めたのだが、すでにヒグマはイワンの三十メートルほど後ろに迫っていた。

ヒグマは足が速い。時速五〇キロ、百メートル七秒台という。体型からは想像できない走力をもつ。

このあたりでよく見かけるヒグマだった。ニェルカ確保が下手なヒグマで、いつも捕らえることができずにいる。イワンがもったニェルカ数匹に目をつけたのだろう。動きが鈍いとはいえ、あのスピードを考えると到底逃げ切れるものではない。

ヒグマとの距離はわずか十メートル。

イワンは両手に抱えているニェルカを地面に放り、両腕を横に伸ばし、ヒグマに向き合った。ヒグマの動きがぴたりと止まった。イワンは声を張り上げた。ヒグマと同じ声質をまねて、さらに大声を浴びせる。

しかし効果はなく、巨大な身体をゆすりながら近づいてくる。

ヒグマの身体を覆う体毛が風に揺れ、光を浴びて金色に輝く。ひときわ大きい右手を上に上げた。巨大で鋭利な爪が眼前に迫る。

イワンは耐える。表情を変えずに、微動だにせずヒグマを睨む。ヒグマはイワンを嘲《あざけ》るように身体を震わせたあと、腕をイワンの顔めがけて振り下ろした。

イワンは右に動いた。ヒグマの腕が空を切った。

ヒグマの短い足の間に滑り込む。右手で鼠径部《そけいぶ》を殴りつけ、すぐに後ろに回り、ジャンプしてヒグマの背中に足蹴りを加えた。ヒグマは動じないが、うろうろとあたりを歩き回り、地面に落ちているニェルカを一瞥したあと、川の方にとぼとぼと歩いていった。

勝った！

胸をなで下ろし、イワンは地面のニェルカを拾い上げた。

そのとき声が聞こえた。木陰から青い目の男が現れた。

男は、一切を見ていたと言った。大した運動神経だと褒める。名前と住んでいるところを訊かれた。男はメモを取ることもなく、青い目でイワンを見つめ続ける。すでに自分のことを知っているのだなとイワンは思った。

「アメリカに行かないか」と誘われたのは、一週間ほど経った頃だった。「アメリカでスポーツ選手になれ。お前ならオリンピックで金メダルが獲れる」と男は言った。

イワンは親の反対を押し切って渡米を決意した。

貧しい生活と差別と迫害を受けることに嫌気がさしていたのだ。自由の国アメリカに行きたい。自分の身体に羽が生えたかのように感じた。


蘇った記憶が消えかかり、代わりに腹の奥底にずしりと重い衝撃が走る。

忌まわしい思い出は遠くに去り、バラ色の世界が脳内に広がる。

コカインはさらに暴れ回る。イワンの内側でマグマが燃えたぎる。人が近くにいたら間違いなく殴りかかり、誰かに止められなければ殴り殺すだろう。戦場であれば、立ち上がってライフルを連射し、弾倉を入れ替えながら前方の死者の数を数えるだろう。ヘリから降りたジャングルであれば、近寄ってくる大蛇をひねり潰して沼から顔を出しているワニの口に放り込むだろう。

怖いものは何もない。と同時に、コカインの激流がゆっくりとした流れに変わる。怒りと興奮が去り、頭が冴えてきた。

イワンは、あらためて自分が決めたことを声に出してみる。

「アレクセイとガリーナを殺害しようとしている国へは絶対に行かせない」

イワンが小さな声で発した言葉は内耳から脳に伝わり、しっかりと定着した。

2

太田竜一は彩音とともに銀座に向かう。飲み足りないのだ。タクシーの中で、横に座る彩音の横顔を見る。日本人にしては高い鼻梁、口角の上がった口元。黙っていれば、彫像のようだ。

「どうしたの、私の顔になにかついてる?」

彩音が言う。「なにもついてない」と素っ気なく答える。

彩音の美貌が嬉しいのではない。先ほどやってきた朗報が嬉しいのだ。池島教授は珍しく興奮していた。電話から発する池島の声は火傷しそうなほど熱かった。

何があったのか分からないが、アレクセイがカムチャッカに同行してくれるというのだ。

ウゾンのカルデラよりも良質で、量的に豊富だと思われる秘密の場所。こんこんと湧き出る泉のようにオイルが溢れ出る。その秘密を早く知りたい。研究者としての喜びもあるが、何より恩師である池島教授の研究に大きな貢献となることが嬉しい。

　コリドー通りに入ったところでタクシーを降りた。じわりと汗がにじんでくる予感がする。彩音と歩調を合わせて歩き、行きつけの店に入った。

　ビール専門店には世界各国のビールがずらりと並んでいる。ベルギービールが飲みたい。太田はメニューにずらりと並んだ銘柄から、適当にひとつを指さした。彩音は仔細に説明文を読んでいたが、けっきょくは太田と同じ銘柄を選んだ。

　運ばれたグラスにビールを注ぐ。「前祝いだ」と言ってグラスを合わせた。

「明日、すぐに具体的に日程を決める。知り合いの旅行代理店の営業マンに行程表と見積もりをつくってもらうよ。カムチャッカへのルートは決まっているので、それほど難しくはないはずだ。成田からハバロフスク経由でカムチャッカの州都・ペトロパブロフスク・カムチャッキーに飛び、そこから半島中部のエッソに行く。そこで準備をして、カムチャッカ川をカヤックで目標地点まで行く。目標地点は、まだアレクセイ先生からは聞いていないが、クリュチに近いクリュチェフスカヤという標高四八五〇メートルの火山の麓《ふもと》だということなので、そこまでは車だ」

「危険を伴うかしら」

「ヒグマと火山のカムチャッカだからね。ヒグマは北海道の熊の比ではないし。火山は常に噴火状態」

彩音が瞳を光らせた。小学生の頃から男の子と喧嘩しても負けたことがないと聞いたことがある。

「ウゾンのカルデラよりも豊富なオイルが湧き出るところよ！　想像しただけでわくわくするわ」

「池島プロジェクトは大きく前進する」

「そうよね」

と彩音は同意したあと、

「でも、不確定要素が多いわね」

と言う。何か心配事でもあるのかと訊くと、

「行ってみなくちゃ分からないことだけれど、枯渇している可能性もあるし。それに、アレクセイ先生が場所を特定してくれれば、グーグルアースで状況が分かるのに、教えてくれないところが不満。行ってみないと分からないの一点張りでしょう。それって変よね。たとえ子供の頃だとしても場所の特定はできるでしょうに。しかも案内すると約束してくれている訳だし」

「彩音は聞いたことないか？」

「何を？」

「信州の山間《やまあい》の村に住むおばあさんは、貴重なきのこが密生する場所を決して教えないらしいんだ。子供にも孫にも、もちろん親戚の誰にもな」

「そういうことなのね。となると、ますます今回のツアーは有意義ということになるわね」

彩音も太田も興奮のあまり、話題があちこちに飛ぶ。

「ところで、ヤングオイルのことはもちろん記事にするんだろう?」

「いまはどちらとも言えないわ。アレクセイ先生の子供の頃と同じように湧き水のような状態が温存されていて、その一部をうまく収集できて、しかも分析の結果、ウゾンと同じようにヤングオイルだとするならば書くわね」

「それだけじゃ弱いだろう?」

「そう、もちろん池島先生たちのプロジェクトに応用できることが前提だわ」

「仮説は?」

「それは言えないわ。あなたの頭の中にある仮説を私に言えないのと同じ」

太田は苦笑する。

「もし、カムチャッカのヤングオイルの分析が功を奏して実用化できるようになったとしても、規模的には限界があるな。世界的規模のエネルギー供給はどうやっても無理だな」

太田の言葉に彩音が眉をひそめた。

「あなたが言わんとしていることは分かるわ。地表に施設が出るので偵察衛星に察知される。つまり、産油国につぶされないためにはわずかな量しか供給できないってことでしょう?」

太田が頷くと、

「それでもいいと思うわ。日本の需要を満たす程度で十分じゃない。とりあえずはね」

と彩音は達観したような表情をしたのだが、何を思ったか、すぐに真剣な表情で口を開いた。

「エネルギーは国家の屋台骨。話はそれるけれど、エネルギー事情もこれから変わっていくわね。地球温暖化で北極の氷が溶け始めて北極海をタンカーが航行できるのよ。戦火の種であるホルムズ海峡を通らずに物流が可能となれば、全世界のエネルギー地図は変わっていく」

「それに加えて、石油の貴重さがいつまで続くかだな。ロシアの天然ガスと縦横に伸びているパイプラインは驚異だな」

「そこに藻類由来のヤングオイルが打って出るというわけよ。驚異二倍ね」

話題は多岐にわたり、ふたりとも普段より饒舌だ。ビールの冷たさも興奮の熱を冷ましてはくれないようだった。一晩中でも語り合いたいと太田は思ったが、突然スマホの着信音が鳴り、画面に表示された〈陳秀麗〉の文字を見て、一気に熱が冷めた。

太田は受話ボタンを押して、「あとでかけ直します」と英語で言った。

「どなたから？」

「MIT時代の親友だよ。日本に来るとか言っていたから、その連絡かもしれない。やつが来日したときは、俺はカムチャッカかもしれないな」

「やつって言い方、変じゃない？」彩音が笑う。「女の人なんでしょう」

太田は動揺を胸の内に隠し、

「どこかバーにでも行くか」

と話をそらすと、彩音は腕時計を見たあと、

「そうしたいんだけど、明日早出だから帰るわ」

と残念な素振りで言った。

支払いを済ませて外に出ると、ネオンサインがいまなお夜の街を彩《いろど》っている。

銀座通りに出てタクシーをつかまえ、彩音を乗せた。

「カムチャッカのこと、今夜にでも手配しておくつもりだ」

「ありがとう。気分最高よ。じゃあね」

彩音を乗せたタクシーの姿が見えなくなってから、太田はひとりで近くのバーに入った。

まだ飲み足りない。それにカムチャッカ行きの計画を早く具体化しておきたい。静かなバーは計画を練る場としては最適だ。

バーボンを飲みながらの作業ははかどり、綿密な計画を作り終えた太田はすぐに知り合いに電話を入れた。計画を伝え終えて一時間後、手配ができたとの連絡が入った。

太田はすぐに、池島、彩音、アレクセイの三人にメールを送った。三人から素早い返信があった。太田は返信メールを何度も見つめ、グラスに残ったバーボンを飲み干した。

三日後にはカムチャッカ半島のエリゾヴォ空港に着く。

3

エリゾヴォ空港に降り立った太田は、周囲の光景に目を見張った。

果てしなく広がる真っ青な空。ベーリング海から吹く風は、潮の香りとともに果樹の芳香も運んでくる。裾野近くまで雪を戴《いただ》くコリャーク火山の姿。自然の造形物が無造作に配置され五感に荒々しく迫る。

空港からペトロパブロフスク・カムチャッキーの市街地まで向かうバスの中で、太田は無言のまま窓の外を眺め続けた。

ホテルに着き、あてがわれた部屋でベッドに横になると、いつの間にか眠っていた。

轟音で目が覚めた。窓辺に近づくとすでに外は暗くなっていた。なにげなく見ていると、アバチンスキー火山の頂上から赤い炎が噴き上がり、窓ガラスが震えた。

咄嗟に窓を開けると、山肌が赤く光り輝き、頂上付近の雪の白さが目を射る。

星が降り注ぎ、流星が幾筋もの光の帯を残して消えていく。アリゾナの夜空よりも美しく、アラスカよりも迫力に満ちている。

翌朝、現地時間午前四時にホテルの前に集合した。

旧式のいすゞ製トラックの運転席にはロシア人ガイド、助手席には太田が座った。アレクセイ、池島、彩音は後部座席。そして携行するものはリアの荷台に置いた。ロシア人ガイドはイーゴリと名乗った。大柄でおしゃべりな男だ。ヒグマ扱いのプロだと自慢する。長尺の銃を持参していた。人柄は良さそうだが、訛りのあるロシア語なので聞き取りにくい。

砂埃を舞い上がらせながら道なき道を疾駆する。凹凸が激しいため身体が跳ねる。イーゴリは陽気にしゃべり続けながらステアリングを握り続ける。十時間は長い。体力的にはきつい行程だが、周囲の景色がその疲れを消し去ってくれる。

地平線に現れた太陽は真っ赤に燃え、消えゆく星たちは別れを惜しむように空の奥に隠れていく。奇岩のあとは砂漠。空は青、空気は果実。天国にいるのかもしれないと錯覚するのだが、車のバウンドがすぐに現実に引き戻す。川のせせらぎが聞こえたと思ったら、目の前に大河が現れた。進むにつれて川幅は狭まり、流れが急になる。周囲を見回したが、ヒグマの姿は見えない。黒い影が目の端に映ったので、見上げると、オオワシが優雅に飛んでいる。獲物が見つからないのか、周回したあと猛スピードで西の方に飛んでいった。相変わらず火山の噴火の音が鳴り響く。カムチャッカという言葉が身体の隅々にじわりと染み込んでくる。

ほぼ十時間後に目的地エッソに着いた。

青い空に浮かぶ太陽がぎらぎらと燃えている。そびえ立つクリュチェフスカヤ火山は中腹から雪で覆われ、頂上からは赤い炎を吹き上げる。赤白青の対比が見事で、呆然と見上げてしまう。

泥道ドライブの疲れはすでにない。

エッソはカムチャッカ半島のほぼ中央に位置する都市で、一番美しい街と言われる。木造の住居が点在し、道路はカムチャッキーよりも清潔だ。

空気が澄んでいるのも好印象だ。

次の行程はカムチャッカ川まで陸路。カヤックでクリュチの近郊へ。クリュチには前もって頼んであるトラックに乗り、シヴェルチ山まで行く。標高三三〇七メートルの活火山だ。

カムチャッカは「火山の大地」と称される。それともうひとつ、「ヒグマの大地」とも言われる。オオヒグマは体長二メートルを超える。

ガイドのイーゴリはヒグマ対応のプロだと自信満々だ。彼の言う「対応」が散弾銃をぶっ放すことでないことを祈るが、話を聞いていると、どうもその可能性が高い。

シヴェルチ山までの距離は三十キロほどあるはずだが、目の前に立ちはだかっているかのように見える。たくましさと威厳を備えた山。じっと見ていると恐怖が身体にまとわりつく。「神の山」という言葉が太田の頭に浮かんだ。

野営の場所が見つかった。テントをみんなで張る。川で釣ったニジマス、サクラマスを太田は愛用のナイフでさばいて刺身にした。皿に乗せ、持参しているわさびと醤油をぶっかけた。車座に座り、それぞれ箸でつまみ口に入れる。とろけるような舌触りだ。日本のニジマスとは全く違う。

とくに喜んだのはアレクセイだった。

彼の箸は何度となく皿と口を行き来する。それでも飽き足らないのか、自ら腰のホルダーからナイフを抜き取りバケツに放り込んであるニジマスをつかみ、さばいていく。その手さばきは驚くほど速く正確なのには驚いた。皿に乗せ、再び箸を動かす。一方、イーゴリは刺身が苦手らしく、簡易コンロでのバーベキューだけに専念している。

そのイーゴリが立ち上がって歩き始めた。「トイレか?」と太田が言うと、イーゴリは頷いた。数メートル先にある茂みに消えた。

そのとき、アレクセイが大声を張り上げた。みんなが一斉にアレクセイを見る。

「そんなところで用を足してはだめだ!」

言うが早いか立ち上がり走り出した。木立に隠れて見えないが、アレクセイの怒声が聞こえてきた。

太田は思う。理はアレクセイにある。ねぐらの近くで用を足すと、ヒグマが襲ってくる。ヒグマの嗅覚は異常に発達しているのだ。一キロの遠距離からでも人間の匂いに気づく。ましてや近くで排便するなどもっての他だ。食事の食べ残しもそうだ。とにかく人間の匂いがするものはすべて離れた場所に、しかも土中深く埋めるのが鉄則なのだ。イーゴリは「ヒグマのプロ」だと豪語する。やはり思った通り、銃でヒグマを射殺するだけのプロであることが判明した。

しばらくすると、ふたりは肩を組んで茂みを離れ歩き始めた。アレクセイは、イーゴリの説得に成功したようだ。戻ってきたふたりは何事もなかったように再び食べ始めた。イーゴリの左目は青あざ、頬は異様に腫れていた。アレクセイが殴ったとしか思えない。体格で優位に立つイーゴリをアレクセイがどう料理したのか見てみたかった。


朝の日差しがまぶしい。

太田はパオ型テントから外に出た。クリュチェフスカヤの山肌から太陽が顔を出している。この地に立つと、「自然」という言葉が五感を刺激する。

日本で言えば北海道には自然があると言われる。確かに本州と比較にならないほどの自然が溢《あふ》れている。しかし、よくよく観察すれば開発が進み、自然は徐々に失われている。ヒグマやエゾシカを除くその他の哺乳類とオオワシやシマフクロウなどの大型の野鳥の数は激減し、絶滅の日も近いといわれている。

ところが、ここは違う。人間の手垢と邪悪な文明の足跡はない。

「何をしんみりした顔しているのよ」

いつの間にか、横に彩音が立っていた。

「きみはカムチャッカをどう思う？」

「いいところね。でも私は仕事の対象としてしか見ていないから」

「俺もそうさ。だから訊いているんだ」

「もちろん興味深いわよ。でも、自然を描いた絵本そのものだとしか思わないし、だいたいのところは知識の範囲内。唯一違うのはこれから目にするヤングオイル」

彩音は心揺さぶられる風景を目の当たりにしても使命感を忘れていない。彩音の仕事熱に敬意を払い、褒め言葉をかけようと横を見ると彩音の目がなぜか潤んでいる。

「地球の躍動そのものね」

と、彩音は赤い炎を吹き出す火山を見つめたままつぶやいた。

笑顔の池島がトラックの横で待ち構えている。出発のときがきたようだ。

五人は無言でトラックに乗った。期待や不安は人の口から言葉を奪う。

エンジン音が空気を切り裂き、トラックは風に乗って針葉樹が続くタイガの一本道を砂煙とともに走る。

今回は助手席にアレクセイが座った。運転席のイーゴリにいつもの饒舌はない。身体が前に傾《かし》いでいるが顔だけは正面を向き、顎を突き出した形だ。

フロントガラスからクリュチェフスカヤ山が大きく見える。中腹から上は雪だ。頂上から火を噴いている。

針葉樹が途切れがちになったころ、アレクセイが「左へ」と言った。どうにか通れるほどの泥道がある。イーゴリは言われた通り左折し、道なき道を進む。フロントガラスに砂煙が舞い、視界を遮る。

五分ほど走ると、針葉樹林が密生している一帯に出た。カンバ、ドロヤナギなどが帯状に続き、その向こうには原生林が見える。イーゴリが何かつぶやく。アレクセイが答える。エンジン音がふたりの会話を消す。

「イーゴリ、ここで停まってください」

アレクセイの言葉を受けて、イーゴリがブレーキを踏む。背丈の低いハイマツ密生群の中で飛び抜けて背の高い大径木《たいけいぼく》の前で車は停まった。

アレクセイがドアを開けて外に出る。周囲を見回したあと、決断したかのように一度首を縦に振り歩き始める。太田たちも車を降りてアレクセイのあとに続く。

ひときわ大きな噴火音が耳を襲う。湿地に足が沈む。頭上からシダ類の枝が降る。

五分ほど歩いたとき、湿地が消え、草木も見えなくなった。川床らしきものが見えたが、水はなく、代わりに火山性の破砕片《はさいへん》に覆われている。

トレッキングシューズが溶岩を踏みしめる。五人の縦隊は黙々と進む。前方にそそり立つ奇岩《きがん》が見えてきた。

アレクセイが近寄り、

「爆裂口《ばくれつこう》かもしれない」とつぶやいた。

アレクセイは近辺を歩き回り仔細に観察したあと、肩をすくめて、「ない」とつぶやく。一同、アレクセイを見つめる。

アレクセイが言った。

「溶岩に塞がれたようです」

誰からともなくため息が漏れた。

4

標高六百メートルに爆裂口！

確かに見た目はそうだ。地熱で足が熱い。岩の上に座って靴を見る。トレッキングシューズの底が溶け始めている。

彩音を見ると、眉間にしわを寄せている。池島はいたって平気な表情で歩き回っている。アレクセイは立ち尽くしたままだ。太田はアレクセイに、

「ここで間違いないのですね」

と訊くと、アレクセイは頷いた。

「帰りましょう」

と太田は言った。

地表が溶岩で覆われてしまったのだから、ヤングオイルを採取することはできなくなった。爆裂したことが真実ならば、再びそれが起きる可能性がないとは言えない。危険だ。

「ちょっと待ってください」

とアレクセイが言う。

「爆裂口は比較的新しいですね。太田さん、ハンマーはお持ちではないですか？」

「ありますよ。車の中にあるので持ってきましょう」

溶岩をたたき割るつもりなのだろう。だとするなら大型ハンマーがいい。車から取り出したものを見せると、アレクセイは受け取り、岩の上をこつこつと叩き始めた。音で岩の硬さ、厚さを推測しているのだろう。

アレクセイが破砕可能なところを見つけたようだ。

ハンマーを振りかざして打ち付けた。岩はびくともしない。

ハンマーをさらに高く上げ、勢いよく打ち下ろす。ガツンと低い音が響き、火花が散る。アレクセイの姿勢は固定され、何度も岩に打ち付ける。

みんな黙ってアレクセイを見ている。太田はダイナマイトがあればよかったのにと思ったが、持ち込みはもちろん不可能だ。アレクセイの額に徐々に汗が浮かんでくる。アレクセイは手を休め、重ね着していた服を脱ぎ、再びハンマーを打ち付ける。

「アレクセイ先生、あきらめましょう。せっかくここまでご同行いただいたのに残念ですが、自然の摂理《せつり》に抗《あらが》うことはできません。場所が分かっただけでも収穫です。ありがとうございます。この山は活発に動いているので、また変化が出てくるのは確実です。グーグルアースで定期的に観察して、再起を期しませんか」

アレクセイは太田の言葉を聞きながらも、ハンマーの手を休めない。

アレクセイが「あっ！」と叫んだ。見ると、直径二十センチほどの穴が開いている。駆け寄って穴を覗くと深いことは分かるのだが、底の見えない深さだ。

太田は、アレクセイからハンマーを取り上げた。

「替わりましょう」

がつんがつんと打ち付ける。岩が徐々に砕けていく。しかし直径が三十センチほどまでになったとき、岩が砕けなくなった。分厚い頑丈な岩が周囲を覆っている。アレクセイがハンマーを取り上げて、力任せに打ち下ろした。

しかし、粉に近い破片が飛び散っただけだった。アレクセイはハンマーを放り投げた。

太田は車に走った。荷物の中から硬質のケースを引っ張りだし、それを持って爆裂口に急ぐ。

ケースの中身は、太田愛用のドローン。

みんなの目が輝き始めた。

太田が準備をしていると、アレクセイが言った。

「内部はガスが充満しています。しかも高温ですよ」

「大丈夫です。ＤＪＩのＭＡＶＩＣ２をベースにして、基盤、部材すべて耐熱、耐腐食を施しています。高いものになりましたが、今回役に立てれば安いものです」

「採取はどうやるんです？」

「スポイトです」

太田はケースの中にあるスポイトを取り出して、アレクセイに見せた。アレクセイが手渡されたものに目をこらす。そして、思い出したように、

「内部は暗いですよ。モニターで視認できるにしても、採取機構が接水したこと、また採取量の変化が分かりますか」

「はい。特別にセンサーを取り付けましたし、機構部分が見えるカメラを搭載しています」

準備が整った。太田はドローン本体を岩の上に置き、少し離れたところでコントローラーを握った。

「みなさんはこれを見ていてください」

受信用モニターをアレクセイに渡した。

太田はゴーグルを付けた。コントローラーの操作を開始した。

プロペラが回り始め、回転に加速がかかり、ぐんと浮上し、あっという間に爆裂口の上に飛んでいった。

ドローンはいったん空中で停まり、ホバリングしたあとゆっくりと下降し穴の中に入っていく。

「まるでドローンに乗っているようだな」

と池島教授がモニターを見ながら言う。

太田はコントローラーを操作して機体を下降させた。洞窟の中は岩だらけだ。深度はかなりのものだ。大急ぎでさらに下降させた。水面が見えてきた。しかし、液体だと思ったものはコールタールが凝固したようなものだった。当然だ。溶岩で塞がれたので太陽光線を浴びることができない。オイル産出の基本となる光合成ができる環境ではないからだ。それでも諦めずにわずかでも残っていればと思っていた。そして、その願いは叶う。

「あれです。採取をお願いします」

アレクセイが言う。色と質感で分かるのだろう。

太田はスポイトを伸ばして水面に機体を近づけた。ホバリング状態のまま少しずつ水面に近づける。センサーが光る。スポイト採取機能をオンにする。

この機体の航行時間は五分だ。残り五十八秒。穴の入り口を出て戻ってくるまでの時間はほぼ三十秒。太田はぎりぎりまでスポイトを作動させた。

徐々にドローンの音が聞こえてきた。そして穴から機体が姿を現しみんなが控えるところに飛んできて、静かに着陸した。

拍手が沸き起こった。

太田は機体からスポイトを外した。彩音に渡す。彩音は、それをじっと見たあと頷いた。池島になにやら耳打ちする。池島は目尻を下げた。

「先生、採取には成功しましたが、腑に落ちないことがあります」

と太田が言うと、池島は先ほどまでの笑みを消し、

「おそらく、山の中腹あたりに広大な藻類の密生地帯があるのだろう。そこでオイルがつくられ、おそらく火山活動でできた空洞を伝ってオイルが流れてきているのではないかな。おそらく、という言葉を使ってしまったが、いまはそういった仮説しか立たない」

「ありがとうございます。この山には再チャレンジの必要がありそうですね」

と太田は池島に頭を下げた。

太田は穴に近づく。手の平を穴の上部にかざした。熱い。中に手を入れれば火傷することは確かだ。車に戻り、耐熱手袋と小型スコップを手に取った。現場に戻り、穴の壁面をスコップで削りとる。何度か繰り返してバケツ一杯ほどの付着物を採取した。

彩音が近づいてきた。

「あなたの用意周到さに乾杯したいわ」

太田は、その言葉を胸に刻み、アレクセイの元に駆け寄り握手を求めた。アレクセイは右手をゆっくりと差し出した。アレクセイの手の平には無数の傷跡があり、握ると異様に硬かった。太田の表情の変化を読んだのか、アレクセイは、

「木登り好きが高じて、こうなってしまいました」

と苦笑いした。

5

カムチャッキーに帰り着いたとき、すでに日は落ち街灯が道路を照らしていた。

みんながホテルに入っていく。

アレクセイだけは、トラックを降りたあともその場に留《とど》まった。

最後尾にいた太田が振り向いたが、笑いながら軽く頭を下げたあとホテルに入っていった。

子供の頃過ごした街をあらためて歩いてみたいとみんなに伝えてある。

しかし、それは口実で、真の目的はＩＬの指示にあった、軟禁された館について調べることだ。

アレクセイは歩き始めた。

街の景観はほとんど変わっていないことに気づく。

湾に向かう砂利の浜辺、その向こうにニコラウス丘。レーニン像もレンガづくりの集合住宅も舗装道路もくすんでいるが、遠くに見える市庁舎はそれなりに威厳を保っている。そして、アクアム・デイの常連顧客であった商店も昔のまま残っている。代替わりはしているだろうが、建物そのものは全く変わっていない。

レーニン像が見えてきた。胸の鼓動が速くなる。というのも、軟禁されていた館はレーニン像の近くだったからだ。

レーニン像の前に立った。四方を見回す。大通りの向こうは、建設現場のような空き地がある他は、住宅や商店だ。目的の館は見えない。イワンが放った銃弾の穴から見たレーニン像との距離感覚からして、大通りの向こう側であることは間違いない。あれだけの高さの建物が見えないはずはない。

ということは、あの建設現場かもしれない。

アレクセイはレーニン像を離れて歩き始めた。

空き地は瓦礫の山だ。コンクリートから突き出ている支柱や鉄骨の壁が残り、ホースや電線の束が散らばり、真ん中に削岩機とクレーンが置かれてある。土やほこりだけでなく、焦げたような匂いも混じっている。

ここがあの館だと確信できたのは、らせん階段の一部が残っていたからだ。二階の軟禁部屋から一階に降りるとき、その優雅ならせん階段を毎日使っていたので、その形状や素材は記憶に残っていた。

アレクセイはきびすを返し、レーニン像の方に戻っていった。

若者たちがたむろしている。彼らの肩や腕にはタトゥーが入っている。

流行が普遍性をもつことはないと思えば気にもならない。

右腕に羽を広げた鳥の絵柄を入れた若者が近づいてきた。

「おっさん、何を探してるんだ？　紹介してやってもいいぜ」

体つきは華奢だが、声と口調はそれなりの貫禄をもっている。アレクセイは若者の顔を真正面から見据えて、

「きみは売人か？　あまりいい仕事ではないと思うが」

「説教かい？」

と若者は口の端を持ち上げる。

「やるべきことがあるはずだ。早くそれを見つけるんだな。そうすればお前は両親がくれた凛《りん》とした顔つきを取り戻すことができるはずだ。身近なところに、やるべきことは転がっている。お前たちはカムチャッカの自然の素晴らしささえも目に入っていないのではないか？」

「おっさん、頭おかしいんじゃないのか？」

「正常だ。これは説教でもなんでもない」

と言うと、若者はへへっと笑って元いた場所に戻っていった。

父親がよく言っていた。ペレストロイカ以降、カムチャッカに全く違う人間たちがやってきて住み着いた。あのときを境にカムチャッカは変わってしまった、と。

アレクセイは、父の言葉を理解はしたが、ただ事実として捉えただけだった。国土も人間も思想も風俗も文化も、小さなきっかけで大きく変わる。

アレクセイは若者たちの群れに近づき、先ほどのタトゥーの少年に五千ルーブル紙幣を渡した。

少年の表情がこわばり、鞄の中を探ってビニール袋に入った白い粉を取り出しアレクセイに渡そ

うとする。

「いらない」

少年は、口をだらしなく開き目を丸くしたが、すぐに顔に怒りが浮かんだ。

「俺たちは乞食じゃない」

「白い粉はいらないが、ただで五千をやる訳ではない。教えてもらいたいことがあるんだ」

「おっさん、やばい人じゃないよな」

「やばい人と言うのは、警察のことか?」

少年が頷く。

アレクセイは少年の疑念に敢えて答えず、館があったところを指さして言った。

「あそこの空き地のことを教えてくれ。瓦礫の山になっているところだ。クレーンがあるところ」

「おっさん、何が知りたいんだ?」

「取り壊される前は、何があった?」

「知らねえな」

「だったら、仲間に訊いてみてくれ。知らないのひと言で報酬を得られるなどと思うな」

「おっさん、喧嘩売ってんのか?」

目をぎらつかせながら近づいてきた少年は細い腕を突き出した。意外な速度とパワーのストレートに驚きはしたが、アレクセイは軽くかわし、勢いのあまりつんのめった少年の腕をとってひねりあげた。左方向なので痛みは倍だ。ぎゃーっと叫んだ少年の腕をさらにひねると目にうっすらと涙を溜めた。

「仲間に訊いてこい」

少年は仲間たちの群れに行き、しばらくすると別の少年を連れてきた。

「役者の学校」

ぶっきらぼうに答えた少年に、「もっと詳しく話してくれ」と言った。

「役者になりたい男女に演技指導する学校だよ」

「生徒たちの寮もあったのか?」

「ああ裏手に」

「生徒は若者か?」

「十代から中年まで。美人や色男だけじゃねえよ」

「ロシア人だけか?」

「あったりまえじゃねえか。カムチャッカにわざわざアメリカ人やイギリス人が来るわけねえだろう」

「いつからあった?」

「知らねえ」

「解体に入ったのはいつだ?」

「つい最近。解体じゃねえよ。火事になったんだ」

「その学校の校長の名前は?」

知らないと答えると思っていたのだが、

「キリコフスキー。金持ちだ。西の方の人間だな。役者でもやってたんじゃないかな。カサノヴァみたいだと女たちが騒ぐ。でも、俺の見立てだと、あれは女には興味ないな」

アレクセイの頭の隅に、ひとりの男の横顔が浮かぶ。

「どこに住んでる?」

「知らねえな」

アレクセイは二千ルーブル紙幣を少年の手に握らせた。少年は手元の紙幣をしばらく見つめたあと、小さな声で言った。

「アバチャ湾の近くにある高層住宅」

「どうしてそんなに詳しく知っている?」

「俺の女が行ったことがあるんだ。ボスに誘われたんだと喜んでいたから、カモにしようと思ってついていった。でも手を出してこなかったので、かつあげ失敗というわけさ。それで、やつはゲイだなと思った。こいつだ。それっぽいだろう?」

少年はポケットを探り、一枚の写真取り出した。

アレクセイの直感は当たった。

ガリーナのリサイタルにいた男に間違いなかった。

「お前の女をヤツが誘った理由は何だ?」

「イワンという男のことを訊かれたんだってよ。俺の女はイワンの遠い親戚なんだ」

「イワンはロシア中に数万人いるが」

と言うと、少年はイワンのフルネームを口にした。

幼なじみで、いまはCIAの一員となっているイワンと同じ名前だった。

6

世の中に解明できないものはない。

アレクセイが物理学者としてキャリアを積む中で学んだことだ。

キリコフスキーとイワンの関係も、いずれは分かることだ。ただ、それまで命を保っていられるかが問題だ。襲われたとき相手から殺意を感じることはなかったが、ものの弾みということもあるし、相手の意図が変化することだってあり得る。人間は機械ではないのだから。

アレクセイは自室を出て、池島の部屋をノックした。

長時間にわたる旅の疲れですでに眠っていると思っていたが、数秒後にドアが開き、池島が顔を出した。

「お休みのところすみません。少しお話ししたいことがありまして」

と言うと、池島はにこやかに迎え入れてくれた。

「釣りの話なら実践が一番。明日にでも川下りしてみようか」

「先生がよろしければぜひお願いしたいです。日本へ戻るのは明後日、明日一日は予定がないと太田さんが言っていましたので」

「よし、ではすぐに太田くんに頼んで準備してもらおう」

池島は部屋の電話で太田と話し始めた。

受話器を置いたあと、

「OKだったよ。明日は天気もよく、かっこうの釣り日和らしい」

とにこやかだ。

「先生、お電話をお借りしていいですか」

「かまわないよ」

と、笑顔を絶やさない池島の承諾を得て、アレクセイは受話器をとった。

発信音が鳴り始めてすぐに母の声が聞こえてきた。言葉がすぐに出なかった。母の声は以前と変わらず落ち着いている。無言電話の相手に気づいたようだ。

「元気?」

とだけ言い、沈黙した。アレクセイは「元気だ」と小さな声で答え、さらに「お父さんは？」と訊いた。

「寝ているわよ。私たちは元気にしているから安心していいわ。あんたは？」

「アメリカに行くことになっているが、いずれは必ずそちらに行く」

「ガリーナは？」

「連れて行きたい」

「分かったわ。一年ぶりの電話、うれしかった」

「プレゼントしたペンダントとライターを僕だと思って待っていてほしい」

「お父さん、ライター大事に使っているわよ。また煙草を吸い始めたのが私は不満だけれど、息子からのプレゼントだから使わないとね。私へのプレゼントはいつも肌身離さずつけているわ」

「お父さんの耳の方はどうなんだ？」

「あんたがくれた補聴器でちゃんと会話ができるわよ」

と母は笑う。

母の元気な声で安心し、受話器を置いた。

池島が、「私に見せつけたかったのだな。自分がいかに親孝行かを」と笑う。

「すみません」とアレクセイも話を合わせる。

ここなら盗聴器は設置されていないだろうと考えてのことだっただけのことだ。

「親孝行はいいことだ。私はこの年になってそのことが分かった親不孝者だから、偉そうなことは言えないけれど」と言ったあと、「きみは本当にアメリカに行くつもりなのか？」と唐突に話題を変えた。

「環境を整えてくれると約束してもらえましたので」

「軍事研究施設など行くんじゃないぞ。ローレンス・リバモア研究所などもっての外だからな」

「もちろんです。ロシアではそのことで苦労しましたので」

池島はしきりに頷く。

「攻撃衛星などつくったら、地球は破滅だぞ。ピンポイントで敵国の要人を殺すのも、軍事施設を破壊するのも容易だし、弾道ミサイル迎撃も難なくできるというじゃないか。どの国も研究しているだろうから、それこそ殺し合いだ。私は常々思うのだが、人類は破滅に向かっているんじゃないだろうか。制御不可能なことに手を出しすぎる」

「おっしゃる通りです。アメリカの研究機関で、ひとことでもその話が出たら、私は翌日にはアメリカから立ち去ります」

「うん、それだけの覚悟があれば心配はないな。昔と変わらないきみを見て、たのもしく思うよ。ところで、さきほどきみはロシアでは苦労したと言ったが、やはりその方面の研究を強いられたのかね？」

「はい、何度も。同僚の研究者すべてに対してですので、儀礼的なものかもしれません」

「そうか。いずれにしても、新天地で思う存分力を発揮してほしいものだ。今度いつ会えるか分からないが、再会が楽しみだ」

池島の思いやりをありがたく思いながら部屋を出た。

自室まで歩きながら思考を巡らせる。

軟禁中に攻撃衛星の研究を強いられたことはない。自白剤を打たれはしたが、無駄だったはずだ。訓練済みだから。

自白剤が効かなかったとすると、当然保有データを探すだろう。事実、自宅のパソコンも研究室のコンピュータもすべて破壊されていたと同僚に聞いた。

相手は無駄な努力をしただけだ。軍事衛星の研究など公的にも私的にもやったことがないからだ。

一時間前に出会ったタトゥーの少年が言ったことが事実とするならば、キリコフスキーが軟禁の首謀者ということになる。そして、キリコフスキーという男を覚えておけと言ったＩＬの指示が意味するところは、我々の強力な敵だということに他ならない。

それが確かだとすると、ＩＬはすべてを知っていたことになる。

では、なぜＩＬはアレクセイを救出しなかったのか。

あの館で繰り広げられたパーティにはロシア・アカデミーの重鎮も来ていた。ＣＢＰが絡んでいることは確実なのに、イワンが簡単に私を助け出すことができたのは、モスクワとラングレーに密約でもあったのではと疑うしかないが、現実にはありえないことだ。

ただひとつ、密約の可能性があるとするならば、その目的は私の研究の詳細を知ることと、攻撃衛星の研究を推進させるために手を組んだという仮説だが、これも可能性はほとんどない。

真実はひとつ。それが物理学者としての要諦《ようてい》だ。

部屋に戻り、窓から通りを覗いた。

街灯が道路を淡く照らしている。レーニン広場に人影はない。

もう一度外に出てみよう。焼失した現場に手がかりがあるはずだ。行かなければ収穫はゼロだ。

アレクセイは身支度をしてホテルの外に出た。

道路を横切ろうとしていたとき、大型の黒塗りセダンが走ってくるのが見えた。車が通り過ぎるのを歩道で待つ。ところが車は徐行し始めた。

いやな予感が身体に忍び寄る。胸のホルダーとベルトの裏の発信器を確認する。ナイフは靴底の中だ。

ところが車はアレクセイの前を通り過ぎ、ホテルの方に向かっていく。運転手は女性だ。アレクセイは警戒心を解いて道路を渡り、軟禁されていた場所の前に立つ。クレーン車が数台置かれたままだ。すぐに軟禁されていたときの光景が脳裏に浮かぶ。ウラジミル、ヴィクトルの顔形や仕草はいまなおもまぶたに焼き付いている。

そしてザハール。ロシア・アカデミーの重鎮は果たして本物だったのか。

目の前のクレーンを見ていると、軟禁が単なる夢であったのではと思ってしまう。非現実や虚構が意識下に芽生えることはよくあることだ。

現場を囲むフェンスを跳び越え中に入ろうとしたとき、後ろから車のエンジン音が聞こえてきた。振り返ると白い小さな車が停まっている。さらに目の右端に黒い車が近づくのが見えた。先ほど徐行しながらホテルの方へ走って行った車だ。運転手の女性は唇を舐めている。どこかで見たことがある。記憶を辿ったが、思い出せない。車はアレクセイの前を通り、ホテルとは逆の方に走り去る。アレクセイは記憶を辿りながら車を見つめ続けた。

異変に気づいたのはそのときだ。

通りの向こう側に停まっていた白い車から数人の男たちが飛び出してきた。

咄嗟にホルダーから拳銃を抜こうとしたが、飛び出した男たちに手をひねられた。羽交い締めにされ、もうひとりの男がアレクセイの身体を触る。財布と手帳が抜かれ、もちろんベレッタと小型ナイフは敵の懐に収められた。男がアレクセイの足を持ち上げる。身体が宙に浮いたとき瞬間相手の力が緩んだので、右手の肘で男の顔を打った。男の手が緩んだ。反撃に出ようとしたとき、アレクセイの顔に強烈なパンチが襲い、目から火花が散る。

気づくと走り去ったはずの黒い車が戻ってきていて、リアのトランクがすでに開いている。あそこに突っ込まれ、またしても軟禁か。いや、今度はそんな生やさしいものではないだろう。

アレクセイは深呼吸を繰り返す。チャンスは必ず訪れる。経験則だ。武器はもうひとつ残っている。靴の底に隠してあるナイフだ。

身動きできない。男たちはひとこともしゃべらないので素性が分からない。顔も黒の覆面で覆われている。目の色は黒、わずかに垣間見られる肌は褐色だ。

車の後部トランクが開いている。あそこに放り込まれる前に、ベルトの裏に隠してある発信器をオンにできるか。できたとして、ホテルに置いているキャリーバッグの奥底に隠している受信機に誰かが気づいてくれるだろうか。

その心配も最悪の形で終わった。ベルトが抜かれ、ナイフで切り刻まれ、極小の発信器がぽとりと地面に落ちた。男がそれを拾い、器用な手つきで解体し、小さな部品はばらばらになって捨てられた。

完全にアウトだと知ったとき、アレクセイの耳に虫の羽の音が聞こえてきた。徐々に大きくなる音が極限に近づいたとき、状況を知った。

ドローンだ！

男たちがばたばたと倒れる。首筋に針が刺さっている。苦しみもがくが、すぐに静かになる。逃げ惑うひとりにドローンが旋回して近づきポケットあたりに針を飛ばした。爆発音が鳴り響いた。男の身体が肉片となって周囲に散らばった。黒い車はトランクを開けたまま猛スピードで走り去る。

ドローンは空中高く舞い上がり、ゆっくりとホテルの方向に進み、姿を消した。

太田に助けられた。

アレクセイは周囲を見回す。人の影は見えない。爆死した男はそのままにして、残りのふたりに近づき、ポケットを探った。自分の拳銃、ナイフと財布を回収したあと、男のスマホを手に取った。ロックはかかっていない。つまり何らの証拠にもならないとあざ笑いしているのだ。念のためにメール、通信、検索などの履歴を見てみたが、嘲笑が聞こえてきそうなだけだ。

わずかでもヒントを得たいと思い、男たちが乗っていた白い車を調べてみることにした。車に近づき、ドアの取っ手に手を掛けた。

手を止めた。

昔の体験を思い出したからだ。忌まわしい記憶だ。

同僚が敵側の車のドアを開けたとたん、爆発音とともに同僚の身体は肉片となって空中に飛び散った。

アレクセイは身震いをし、そっとひきはがすようにドアの取っ手から手を離した。先ほどまであった心の熱は冷めていた。

深く息を吸い込み、ゆっくりと吐く。

車から離れ、ホテルに向かう。幸いに殴られたところは腫れてもいないし傷らしきものもなさそうだ。

ホテルのボーイがドアを開けてくれた。チップを渡すと、まだ十代と思われるボーイははにかんだような笑顔を見せた。

眠れないまま夜が明けそうな予感がする。

ベッドに横たわるが眠れるはずもない。両耳に神経を集中させているのだが、二時間経っても、サイレンの音は聞こえてこないし、ドアがノックされる音も聞こえない。

殺人事件が大通りで起こったにもかかわらず。

起き上がり、窓辺に近寄る。

分厚いカーテンを少しだけ開けて外を覗く。

ホテルの周辺には警察の車も、警官の姿さえもない。

どういうことだ？　外に出て現場に戻るわけにはいかない。太田や池島の部屋に行くことも、時間的にはばかられる。

窓辺を離れ、鞄から双眼鏡を取り出した。

襲われたところは、ホテルから遠くはないが、肉眼では不鮮明だ。

両手に双眼鏡を持ち、目を当てた。

ズームアップすると、クレーンが見えた。ずらしながら、現場の様子を映し出す。ところが、そこには車も警官の姿もない。さらに拡大してみたが無駄だった。倍率からして、当然見えるはずなのに消えている。犯人たちが乗っていた白い車も、ドローンで倒れた男たちも一切消えている。

ＣＢＰが「掃除人」を雇って、倒れた人間と彼らの遺留品を消し去ったのか。

備え付けのコーヒーメーカーをオンにした。

熱いコーヒーができあがり、冷ますために息を吹きかけると湯気が顔にあたる。

落ち着きを取り戻したが、同時に頭が冴え、睡魔は遠のく。

朝まで考え続けた。

ビニール袋に入れた財布、手帳、そしてスマホ。暴漢のポケットに入っていたものだ。日本に戻ったら、イスラエル大使館に持ち込み、鑑定を依頼するつもりだが、結果は想定できる。すべての物証がＣＢＰに繋がっていくだろう。

しかし、判明するのはただそれだけのことでしかなく、最も重要なＣＢＰの目的をブツから知ることはできない。

7

羽田空港の到着ロビーに立ち、無事に帰還できたことを奇跡だと思った。運が悪ければ、ここにはいない。車で運ばれていれば、どんな運命を辿ったのだろう。

軟禁ではすまない。ＣＢＰは面子を潰されたのだから、それなりの報復はしてくる。

池島らと別れ、投宿先の部屋に入るとすぐにクローゼットの裏側に隠している衛星携帯を取り出しＩＬに連絡を入れた。

カムチャッカでの出来事を報告し、アレクセイを襲った暴漢の持ち物の出所などの調査を頼んだ。アレクセイが想定している結論も伝えると、

「どうしてＣＢＰだと断定できるんだ？」

とＩＬが訊く。

「私がカムチャッカに戻ったことに気づくことができるのはロシアしかないからだ」

「ロシアだけじゃないだろう。ＣＩＡも知っているじゃないか」

「おかしなこと言うなよ」アレクセイは言った。「イワンとその配下たちの任務は私をアメリカに連れて行くことだ。私を殺せばイワンは任務を果たせなかった無能の烙印を押される。万が一あんたの言うことの可能性があるとしても、わざわざカムチャッカでなく、東京滞在中にいつでもチャンスはあった」

ＩＬが笑う。

「お前は殺されそうになったのか？　事の顚末を聞いた限りでは、そうは思えないが」

アレクセイはＩＬのそのひとことに沈黙した。

確かに相手に殺意があったかと言われると、なかったと言うしかない。防弾チョッキもつけずに無防備に立っていたのだから、車のウィンドを少し下ろして銃弾を浴びせれば済むことだ。や

つらは、それをしなかった。

「あんたの言う通りだ。殺そうとはしなかったな」

「つまり、お前から情報を引き出したいだけだということだ。お前の母親のペンダントと父親の補聴器に細工した攻撃衛星についての暗号による論文を手に入れたいだけなのだよ。もちろん、敵はそんなことは知らないはずだが」

「ペンダントも補聴器も無事だ。母親に確認済みだ」

「だったら心配はない。拉致されても殺されることはない。やつらはお前の論文が喉から手が出るほど欲しいのだから。ダミーだと知ったら、殺されるから気をつけろ」

「他人事みたいな言い方だな」

「お前の命を案じてのことだ。こちらとしてもお前に死なれたら、国として大損害だから」

「東京では太田が守ってくれるから安心だ」

「心強い味方に出会ったのも、お前の運と才覚のたまものだ」

ＩＬが電話を切ろうとしたので、アレクセイは、
と、引き留めた。

「もうひとつ話があるんだ」

「私が軟禁されていたところはキリコフスキーがオーナーだという証言があった。さらにキリコフスキーはイワンのことを知りたがっていたそうだ。からくりを説明してくれないか」

「キリコフスキーというのは？」

「あんたが覚えておけと言った男だ。ガリーナのリサイタルのときのことだ」

「名前は言っていない」

「レーニン像にたむろする不良少年の証言だ。写真を見せられたので間違いない」

「高性能懐中電灯の下で確認したのか？」

ＩＬの皮肉が混じる。

「イワンのフルネームは、ＣＩＡのイワンだった。それは聞き違いとでも言うのか？」

「イワン・アレクサンドロヴィッチ・ポポフは、ロシアに何人いると思っているんだ？」

ＩＬの含み笑いが耳に届く。

アレクセイは怒りを隠して、

「分かった」

と答えた。

この件には隠したい何かがあるのだろう。

「とにかく、お前を直接わが国へ入国させるよう算段する。プロジェクトは進んでいるが、お前の知恵が必要だ」

プロジェクトという言葉を聞いたとき、ある考えが浮かんだ。

「いま思ったのだが、私をこれまで狙ってきた敵の目的は、衛星技術とは違うところにあるのではないか？」

「〈ラグーン〉のことを言っているのなら、ノーと断言しよう。イスラエル国家主導のプロジェクトだということを考えてくれ。水一滴ほども漏らしはしない。実際、漏れてはいない。お前を標的にする目的は先ほど言ったように攻撃衛星技術のみだ」

電話は切れた。

ＩＬの言葉は力強かったが、逆にアレクセイの不安は増幅する。

バスルームに行き熱いシャワーを浴びた。ガウンを羽織って広い部屋を歩き回る。ヒグマのようにゆっくりと。部屋の寸法を測るがごとく目を見張って。

神経が昂ぶる。反比例するように気持ちは暗くなる。

ベッドの上に放り投げた携帯を手に持った。

ガリーナと話がしたい。

いまアメリカ公演の真っ只中だ。時差を確認してから電話を入れた。

ガリーナの声が聞こえてきたとき、自分がずっと立ったままでいることに気づいた。ソファが数歩先にあるが、このままがいい。ガリーナの甘さを抑えた声が耳をくすぐる。

「早く会いたいわ」

「私もだ。公演はいつ終わる？　その後の予定は？」

「もう終わったわ。明日こちらの九時半発のＪＡＬで東京に向かう。今回は二週間と長めのオフがとれるのよ」

アレクセイは歓喜したが、冷静を装う。

「公演はどうだった？」

「大成功だったわ。こういうことははじめてよ。いつも二、三のミスがあるの。でも今回はすべてがノーミス。気力も充実していたわ。あなたにもらったエネルギーのおかげよ」

ガリーナの声には、全米演奏旅行の疲れが感じられない。疲労なんかないわと言う。演奏すべてが満足いくものだったようだ。

「何か話して、もっと声を聞かせて、アリーシャ」

ガリーナの声に甘い色が混じる。

アレクセイは、いま思い立ったことを言葉にした。

「京都へ行こう。京都には留学時代に一度行ったところがあるんだ。〈花背《はなせ》〉という山間の村だ。そこにきみを連れて行きたい。京都という日本が凝縮された街を見たあとバスに乗るんだ。山菜と川魚。川床で清らかな川の流れを眺めながら、きみと一緒に過ごし、語り合う」

「愛し合うのは？」

「もちろんだ」

ＩＬのこともラングレーのこともすべて忘れることができる場所でふたりの身の振り方を話しあいたい。

それがガリーナを花脊に誘う理由だ。

ＩＬはイワンを出し抜くことに自信満々だ。そうなると、アレクセイは早晩イスラエルに向かうことになる。そのとき、どうしてもガリーナを連れて行きたい。

当然、ガリーナは拒否する。イスラエルという国家を嫌悪しているから。

嫌悪という感情を切り取ることは不可能だ。だからアレクセイは自分がイスラエルに向かう意味と情熱を訴えるしかない。横やりが入らない環境の中で、ふたりだけが理解できる共通の言葉と感覚の中で話せば、ガリーナの感情を少しだけでも変えられる。可能性はゼロではない。説得でもなく、強要するのでもなく、心と言葉で語り合いたい。

ニューヨークから東京に戻るガリーナは都会の色だけを見ている。〈花脊〉に連れて行けばその色は褪《あ》せていく。景観がカムチャッカとは違うにしても、自然が息づく〈花脊〉に佇《たたず》めば、こころが動くはずだ。

幸運であれば、ガリーナはイスラエル行きの航空機内にいるだろう。

京都の市街を出ると清冽な北山杉の波がずっと続く。

天に向かって真っ直ぐ伸びる杉木立の群れ集う姿は圧巻だ。青い空の向こうから太陽の放射を浴びて、杉群はダークなシルエットとして目に焼き付く。

京都市街を出て一時間三十分後、大型バスは目的地に着いた。そこは山の中腹にある旅館で、外観は古いがこのように自然と一体化した木造の家だ。

木立の密生は生まれ故郷を思い出させる。川のせせらぎも懐かしい。風が運んでくる果樹の香りも同じだ。

小川のほとりにつくられた小さな宴席でふたりだけの祝杯をあげる。ふたりが無事であることを神に感謝する。ユダヤ教とロシア正教。イスラエルとパレスチナ。立場の違いで気をもむのは、いまはやめよう。

夕闇が迫る。残照が山肌を照らす。鳥たちは巣に帰り、蝉も静かになる。

ぎこちなく箸を動かして刺身を掴もうとするガリーナを、アレクセイは黙って見つめる。醤油が入った小皿に落とし、拾い、ゆっくりと口に運ぶ。数秒かかって赤いまぐろはガリーナの口の中におさまった。

暑さが消えかかる夕刻も過ぎ、闇夜が訪れている。

川に沿って並ぶ提灯の明かりが川面を照らす。アレクセイは、重要な話をしようと思っていたのだが、明日に延ばすことにした。

ふたりを包む空気の中で重い話はふさわしくない。

ふたりだけの宴は、ときに笑いで、ときに沈黙で過ぎていく。そのあいだ絶えなかったのは、お互いがお互いの目を見つめ続けていたことだった。

翌朝、川沿いをふたりで散策した。

下草を踏む音に鳥の鳴き声が混じる。太陽はすでに山並みから顔を出している。夏だというのに涼しい。

旅館でふるまわれた昨夜の山菜料理を思い出す。ライス以外はすべて山菜だった。味噌汁には椎茸、名も知れない山菜の天ぷら、山菜鍋。「山菜づくし」だったなとガリーナに言うと、「カムチャッカのニェルカづくしみたいなものね」と笑う。

子供の頃、ふたりの家庭は極貧だった。ガリーナの父親は漁師だった。大漁の日は少なく、ガリーナの父親はそれでも笑顔を絶やさなかった。母親はホテルの清掃の仕事をしていた。いつも疲れた顔をしていたことをアレクセイは覚えている。

アレクセイの実家の雑貨店も繁盛しない。だから、アレクセイが見つけてきたアクアム・デイで糊口をしのいだ。

ふたりの家庭同士、いさかいもなく、お互いに助け合って生きていた。そしてもうひとりの幼なじみであるイワンも似たような境遇だった。

カムチャッカ先住民であるコリャークの両親は、公共施設の下働きで生活の糧を得ていた。疎外されている意識が強いはずなのに、いつも笑顔だった。イワンは無口だったが、決して暗い表情をすることはなかった。

アレクセイは父親から聞かされていたユダヤ人迫害の歴史と現実を知っていたので、イワンの気持ちは分かりすぎるほど分かった。アレクセイはイワンを連れ出して川や海で遊んだ。

イワンの運動神経は群を抜いていた。川に飛び込むや、素早くニェルカを掬《すく》う。海に行けば、岩を走り回る。身体の重心が全くぶれない。素潜りも得意で、いろんな貝や小魚を手早くとる。

アレクセイがユダヤ人であることは知れ渡っていたので、何かにつけて因縁をつけられる。殴られるのは慣れているが、両親の悪口を言われると我慢できなかった。いつも喧嘩になり、ほとんどは大柄なアレクセイが相手を打ちのめすのだが、ある日の相手は頭ふたつほど大きい人相の悪い男だった。組み伏せられて死ぬかと思うほど殴られていたとき、身体がふっと軽くなった。

見ると、大男が頭を抱えて倒れている。頭から血が流れている。近くにイワンが立っていた。

大男は起き上がり、顔を真っ赤にしてイワンめがけて走り出す。イワンが手にもったこぶし大の石を放った。石は大男の鼻に命中し、鼻血がぱっと散った。怒りと鼻血でさらに真っ赤になった顔がイワンを追いかける。イワンは足が速く、ふたりの距離は離れる。大男は息を切らせて速度が落ちる。

そのとき、イワンが大木にしがみついた。かと思うと、まるで猿のように素手ですいすいと木を登っていく。

大男がにやりと笑って木に登ろうとしたとき、上から三十センチ四方の木箱が落ちてきて大男の頭に当たった。木箱の蓋が開き、中から大量の蛇が出てきて大男の身体にまとわりついた。大男は悲鳴を上げて逃げ去った。

イワンは口を真一文字に結んだままだった。

アレクセイの話を聞き終えたガリーナは言う。

「私もイワンには感謝しているのよ。あなたがモスクワに行ってしまったとき、悲嘆にくれる私をなぐさめてくれたのはイワン。そして古びたギターをもってきてくれたのもイワン。あのギターは、いまでも大事にしているわ」

「私は最近も彼に助けられた。カムチャッキーで幻想の館に軟禁されていたところを救い出してくれた。アメリカの研究施設に招聘《しょうへい》の労をとってくれた」

「でも行かないのでしょう?　アメリカには」

やはりガリーナは分かっているのだ。

話がしやすくなった。

アレクセイは頷き、周囲を見回してから口を開いた。

「日本から直接イスラエルに飛ぶつもりだ」

ガリーナが立ち止まる。

サギが一羽、川の州に立っている。

太陽はすでに山を離れオレンジ色の光を放っている。ガリーナが目を細める。

「あなたのことだから、すでに計画は進んでいるのね。イワンの目を逃れる手立てもついているのでしょうね。あなたの希望を成就させてあげたいわ。でも……」

ガリーナが言い淀む。それが意味するところはアレクセイには分かる。

ガリーナが続けた。

「分からないことがあるの。科学者としてのあなたが、いまなお民族や国家という縛りにがんじがらめになっている理由。国家は領土と人間を固定して成立することが前提なのよ。人間にとっては本来無意味なもの。私はそう思っているわ」

「きみが言おうとしていることは理解できる。でも、モスクワでの迫害に耐えきれずにカムチャッカに逃げてきた私の両親が、そこでも迫害を受けたことは、きみも知っているだろう」

「忘れることはできないかしら」

「ユダヤ人は記憶の共同体としての意識を消すことはできないんだ」

「そうね、でも、人間ってどうしてそんなに愚かなの？　というのが私の率直な感想」

「それには同感だ。人類はいずれ自滅するだろう。あまりにもコントロールできないことに手を出しすぎる。でも、自滅の道が見えるのはかなり先だ。人間は、いまのことで精一杯だから」

「あなたも？」

「そうだ。近視眼に陥っていることは感じている。でも止められないんだ」

「分かったわ。私の結論は少し待ってちょうだい」

アレクセイはガリーナの肩を抱いた。

「イスラエルでは、攻撃衛星の研究はしないでね。それこそ、あなたが言った人類の自滅に進むことになりそうだから」

アレクセイはガリーナの肩から手を外した。

「実は、専門外のことをやるんだ」

ガリーナが真正面からアレクセイを見る。

「何をするの？」

アレクセイは躊躇うことなく答えた。

「ヤングオイルの実用化だよ」

ガリーナが沈黙した。

「研究はかなり進んでいる」

ガリーナの瞳が揺れる。

「隠し事はなしって約束したじゃないの」

揺れる瞳に怒りの色が混じる。

「スマホを出してみてくれ」

ガリーナは黙ってポケットからスマホを取り出した。

「ここは電波が届かないんだ。山奥で人口の少ないところにアンテナは立てないからね」

「それで、ここを選んで本当の話をしてくれたということなのね」

「イスラエルで私を待っている人間がいる。ひとりは大統領」

「もうひとりは？」

「消息不明と言われている科学者だ。彼とモスクワで密かにヤングオイルの研究をしていた。研究は順調だった。しかし、あるときから彼の身に危険が迫ってきた。私は、モサドに頼んで彼をイスラエルに行かせた。すでに一大プロジェクトが動いている。南部のベエルシェバに生産プラントを建設する計画だ。イスラエルは全世界の需要を満たす石油王国になるというもくろみだ。軍事戦略的に優位に立てる。アメリカやロシアがそうであるようにね」

ガリーナは押し黙ったままだ。

アレクセイはモサドが定めた女性に対するルールを破った。

モサドのルールでは、たとえ列車や飛行機の中で出会う女性とでも口をきいてはいけない。たとえ恋人であっても、ルールの方が上位にある。モサドはそうやって生き延びてきた。

ルールを破った者は処罰を受ける。アレクセイが責め苦から逃れる可能性があるとするならば、ガリーナが同行してくれて、イスラエルの地に一緒に住んでくれることのみだ。

しかし、その可能性は極めて低い。

「部屋に戻ろう」

と言って歩きはじめると、ガリーナは、

「あなたの盟友だという科学者の名前は、ニコライというのではない？」

アレクセイは驚いて振り返った。ガリーナが続ける。

「アメリカ公演の初日のあと、ワシントン・ポストから取材依頼があったの。秘書が調整してくれて、三日後に投宿先のホテルで会ったのよ。インタビュアは音楽に詳しく、ギターについてもプロ顔負けの知識をもっていたわ。話がはずみ、あまりにも打ち解けてしまったので、ホテルのバーで飲んだの。そのバーであなたのことが話題になったとき、『ニコライさんとの共同研究は進んでらっしゃるのでしょうか』と私に訊いたの。それで覚えているの。唐突な感じがしたから」

「なんて答えた？」

「アレクセイが衛星技術の研究者だとは存じ上げていますが、具体的な共同研究者のお名前などは聞いておりません、と正直に答えたわ」

「その男の特徴を教えてくれないか」

アレクセイが想像したのは、ＩＬが標的として指定したキリコフスキーだった。ところが、アレクセイの想像は短絡過ぎた。

「女性よ」

アレクセイは頭を切り替え、

「そのインタビュアの写真はない？　スマホで一緒に撮らなかった？　あるいはワシントン・ポストのホームページに載っていないかい？」

と訊くと、ガリーナは俯いた。

「ホームページに顔写真はないわ。スマホでの撮影は断られた。顔に自信がないからという言い訳で。とてもきれいな顔立ちなのに。東洋人というのが気になったのかもしれない」

「東洋人？」

「そう。シンガポール生まれのニューヨーク育ちだと言っていたわ」

ガリーナから、顔かたちと特殊な癖を聞いた。

ひとりだけ頭に浮かぶ者がいる。ニコライを車で追尾した女だ。一度だけ、しかも横顔だけしか見ていないが、切れ長の目と高い鼻梁。唇を舐める癖はアレクセイの記憶に色濃く残っている。

ばらばらだったものが形をなしていく。

やつらの目的は攻撃衛星技術ではない。

イスラエルでニコライとともに研究しているヤングオイル実用化のノウハウを盗むことなのだ。

半年の軟禁は、ヤングオイルの資料を捜すため、もしくはニコライの所在を掴むための期間だった。自白剤も効果がなかった。

一連の動きの首謀者はロシアではなくアメリカではないか。

第三章　二〇一九年八月（後）

1

イワンからのショートメールに不意を突かれた。

「十五日の便を予約した。準備をしてくれ」

きょうは八月十一日。あと四日。

アレクセイはスマホをケースに戻して引き出しにしまった。その横に置いてある衛星携帯を手に取る。

ＩＬはすぐに出た。時計を見ると午後一時二十分。イスラエルでは、みな寝静まっている時間だ。

「寝ているところを起こして申し訳ない」

と言うと、「いま新人エージェントの訓練中だ。お前も経験あるのだから知っているだろう。

我々は二十四時間ずっと訓練だ」と言い、すぐに声を和らげ、

「珍しいな。お前から連絡を寄越すとは。用件を手短かに言え」

「十四日の便の予約コード二枚とパスポート、ヴィザが欲しい」

「手配する。明日夜中にはお前の手元に届くようにしよう。パスポートはとりあえずダーティ・ペーパー（偽造）だが、国内に入ったら正式なものを用意する」

ＩＬの対応は素早かった。

翌日夕刻、ガリーナと食事をしたあと部屋に戻ると館内電話が鳴った。ホテルのフロントスタッフは、預かり物があるので届けに伺うと言う。

「いえ、こちらから出向きます。ちょうど外出する予定だったので」

ＩＬに頼んだものが早速できあがったようだ。部屋を出ようとすると隣の部屋からギターの音色が聞こえてきた。バッハの無伴奏チェロ組曲第一番。美しい音色に一瞬立ち止まったが、気を持ち直し、後ろ髪を引かれながら部屋を出た。

下降するエレベーターの中からロビーを見下ろす。フロントが見える。数メートル離れたところにあるソファに座っている者たちをつぶさに観察する。ダークブルーのスーツを着こなした男が目に入る。駐日イスラエル大使館員だ。参考資料として与えられた「大使館員リスト」に載っていた顔。名前は知らない。

フロントスタッフから封書を受け取り、頼み事をした。

「申し訳ないですが、この封書を開けてもらえないでしょうか。あいにくハサミを持ち合わせていないもので」

スタッフはにこやかな笑顔で奥に消えた。アレクセイは離れたところにあるソファに座った。スタッフはすぐに戻ってきて、カウンターに置かれた封書の上部を丁寧にハサミで切った。

何事も起こらなかった。

アレクセイは礼を言って封書を受け取った。

エレベーターに乗った。下を見ると、大使館員が回転扉を押してホテルを出て行く姿が確認できた。

封書には、頼んだものが入っていた。

八月十四日午前十時二十五分成田空港発エールフランス。ベングリオン空港十五日二時四十分着（日本時間八月十五日午前八時四十分）。

ベランダに出てＩＬに電話を入れた。

「なぜ成田なのだ？」

「裏をかくのは常套手段だ。出発時にはホテルはチェックアウトせずに、カードキーを持ったまま、ホテルの地下駐車場に行け。ホワイトのＢＭＷを用意しておく」

「了解した」

「イワンが気づくのは時間の問題だ。で当日はそこから成田までカーチェイスになる可能性もある。そうならないために、イワンを処理することもできるが」

「やめてくれ」

と強い口調で言うと、電話の向こうから小さな笑い声が聞こえ、

「お前が無事にテルアビブに来ることができる自信があるなら、イワンには手出しはしない」

「情で動いているわけではない。心配しないでくれ」

と答えると、ＩＬはしばし沈黙したあと、

「日本人三人にも気を抜くな」

と強い口調で言った。

「スパイでも混じっているというのか？　私は彼らと深く付き合ったが、怪しい動きは一切ない。ヤングオイルの実用化に懸命に取り組んでいる研究者だ」

「池島と太田については問題ない。池島はお前が言った通り、ヤングオイルのことだけが頭の大半を占めている。太田も同じだ。ＭＩＴ時代の知り合いや家族についても調べ上げた。両親は亡くなっているが姉がいる。ふたりの間にトラブルもなく、太田は姉を大事にしている」

「ちょっと待ってくれ。桐生彩音がどこかのエージェントだということなのか？」

「大日新聞の歴史を辿《たど》ると、戦後シベリアに抑留されてソビエトの思想をたたき込まれて帰国した人間が数多い。すでに時代は大きく変わってはいるが、企業文化として根付いている可能性もある」

「あんたがよく言う根拠の薄い理由だな」

「企業文化の話は一例だ。たくさんの根拠を並べたてる時間はない」

電話は切れた。

アレクセイは戸惑いを隠せないまま部屋を歩き回ったあと、隣の部屋をノックした。

ドアが開き、ガリーナが顔を出した。

「頼み事があるんだが」

怪訝そうな顔のガリーナに、やってもらいたいことと、その理由を伝えた。

ガリーナの承諾を得てすぐに彩音に電話を入れた。

電話の向こうで喧噪が聞こえる。彩音が新聞記者であることをその音で再認識する。

アレクセイの申し出に、彩音は喜びが爆発しそうなほど声のトーンを上げた。


翌朝十時五十五分。

差し込む日差しが床を照らす。窓からホテルの駐車場が見える。イクラの粒ほどの車の列。一台のタクシーがエントランス前に滑り込んで停まる。降り立った女は一度空を見上げたあとエントランスに入っていく。

十一時ちょうどにドアホンが鳴った。

部屋に入ってきた彩音はギターを持ったガリーナを見て言う。

「夢のようです」

「電話でも話しましたが、彩音さんへのお礼です」

日本公演の前、大日新聞にガリーナのインタビュー記事が載った。彩音が文化部を動かして実現したものだ。そのお礼に、観客ひとりのコンサートを彩音にプレゼントするという提案をしたのだ。

「録音、録画はNGですよね」

と彩音が訊く。

「公開しないと約束してくれるならOKよ」

とガリーナは答えた。

彩音はバッグから小型の三脚を取り出し床に置く。デジタルカメラを設置する。角度を調整する。

ガリーナが真剣な表情で調弦を始める。ガリーナの指が弦の上で止まる。

彩音が息を呑む。

ガリーナのギターから粒の揃ったトレモロが部屋中に広がっていく。

演奏が終わってからも、彩音は口を開かず、拍手もせず、デジタルカメラのスイッチをオフにしようともしない。

彩音がそうやって余韻に浸っている間もアレクセイは彩音から目を離さなかった。

三分ほど経ってから、ようやく彩音の身体が動き始め、夢から覚めたばかりのように少しふらつきながらバスルームに向かう。

戻ってきたとき、彩音の表情は元に戻っていた。

「私って、すごく運が強いみたいです。ラッキー！　って叫びたい」

顔をくしゃくしゃにした。

約束通り、三人でホテル内のレストランに向かう。ガリーナが望んだ中華料理の店だ。窓際のテーブルに案内された。あいにくの雨で富士山は見えない。

ふかひれの姿煮に舌鼓を打ちながら、話はガリーナと彩音のギター談義で盛り上がる。ガリーナがギターのルーツについて語り始めた。以前に聞いたことがある。

「撥弦《はつげん》楽器のルーツはペルシャ発祥の〈ウード〉なんです。それが西方に伝わりリュートや十九世紀ギターとなり、その後現在のクラシック・ギターに変化していきました。一方、東方にも伝わって、二胡、三線、琵琶になったといわれています」

「ウードですか。いつごろできた楽器なのですか」

「三世紀前後といわれています」

「サザン朝ペルシャの最盛期ですね」

「さすがにジャーナリストは歴史にもお詳しい」

とガリーナが褒める。彩音は右の手の平を顔の前で振る。日本人の癖だ。

「楽器も長い歴史の中で変化していくのですね。土地柄に合った形に変化したり、扱う人間の性質とかも関係ありそうですね。なんだか、私、科学部から文化部に転籍したくなりました。いろいろ興味深いことが多いんですもの」

「早速明日にでも上司に異動申請を出してみたら」

とガリーナが冗談を言い、ふたりで笑い合う。和気藹々《わきあいあい》の空気の中で、突然太田の名前が登場した。

「先ほど二胡もウードの流れだとおっしゃいましたね。太田さん、二胡を弾けるんですよ」

「太田さんが二胡を?」

「はい。自分では下手だと言っていますが、素人の私には上手に弾いているように思います」

「中国で習われたのでしょうか?」

「いえ、日本のカルチャーセンターで習ったそうです。だって、太田さんは大の中国嫌いですから」

「今度、私のギターとデュエットしたいとお伝えください」

とガリーナが言うと、彩音は口を開けて笑う。

「無理ですよ。レベルが違います」

アワビのクリーム煮が出てきて話は中断した。三人とも美味なあわびに夢中になる。

「これ、すごく美味しいですね。柔らかくなったあわびが口の中ですぐに溶けてしまうわ」

彩音は始終にこやかだ。

デザートの杏仁豆腐が運ばれてきたときも、

「面白い！　これ、竹の筒に入っているんですね」

彩音はスプーンで口に入れ、すぐには飲み込まず、深く味わうように口をもぐもぐと動かす。

「まろやかな甘みだわ。上品な舌触りですね」

食事が終わり、彩音とロビーで分かれた。


部屋に戻ったアレクセイは一直線にバスルームに向かった。

後ろからガリーナが笑い声をあげる。勘違いしているガリーナを無視してバスルームに入る。

化粧台の鏡扉を開く。化粧瓶、ドライヤー、電気ひげそり、コップ、歯ブラシ。歯磨きチューブの中身をすべて洗面台に絞り落とし、ポケットからナイフを取り出してチューブを切り裂く。

ドライヤーは解体する。

ない。

彩音をずっと観察していた。目が届かなかったのは、食事の前にバスルームに入ったときだけだ。何らかの仕掛け、例えば盗聴器を設置したとするならば、そのときしかない。

目を便器に移す。後部タンクの蓋を開き、手を突っ込む。リモコン装置の表面板の留めネジをドライバーで外す。止水栓《しすいせん》を閉め、ホースを引きちぎる。クリップリングを外す。電源盤のカバーを外す。トイレットペーパーを抜き取る。ない。

部屋に戻ると、隣の部屋からギターの音色が聞こえてくる。アレクセイはベランダに出てＩＬに電話を入れる。事情を説明したあと、

「彩音はシロだ」

と言うと、ＩＬが訊いた。

「根拠は？」

「出発便を知るためには絶好のチャンスだったはずだ。何らの工作もしなかったし、唯一彼女が我々の前をはずれてひとりになったバスルームも解体して確認した」

「了解した。ところで太田のことだが、彼も少しチェックした」

「なぜ？」

「念のためだ。人間は簡単に落とし穴に落ちるからな」

「どんな方法で？」

「古い手法だが、紙爆弾だ。開封しなければ太田は警戒したことになる。つまりこの手のことに慣れているということだ。我々と同じ諜報の世界にいるとの推測が生まれる。そのときは早く手を打たなければならない。狙われる前に」

「それはやめてくれないか。死にはしないにしても、傷は負う。下手すると失明だ」

「すでに実行した」

「無茶をやってくれたな。太田は私を助けてくれた命の恩人なんだぞ」

「太田は紙爆弾に手を出した。右手に包帯を巻いている。包帯は血でにじんでいる。日課である六時半の散歩は中止してタクシーで病院に行った」

「シロか？」

アレクセイが訊くと、ＩＬは、

「そうだ」

「太田をマークする必要はないということでいいんだな？」

「そうだ」

と再び同じ簡潔な返事だった。

電話を切ろうとしたとき、ＩＬは、

「そのホテルをすぐに出るんだ」

「なぜだ？　彩音も太田もシロだと言ったじゃないか」

「人間は簡単に落とし穴に落ちる動物だ」

と、ＩＬは先ほどと同じ表現を使った。

「羽田空港近くのコンチネンタル・ホテルをすでに予約している。いまのホテルのカードキーはフロントに預けずに持っていけ。エントランスにダークブルーのボルボが待機している。右頬に切り傷がある男が運転席に座っている。その男にカードキーを渡せ。お前たちの荷物とガリーナのギターもあとで運んでくれる」

「どうして羽田の近くなんだ？　出発は成田ではないのか」

「何度も言わせるな。相手の裏をかくんだ」

「了解した」

電話を切ろうとしたとき、ＩＬが言った。

「お前の母親のネックレスと父親の補聴器が紛失した。本人たちは、どこかに置き忘れたのかもしれないと言っている。実際そうなのかもしれないが、あらゆる可能性を考えた方がいい。頭の隅に入れておけ」

電話は切れた。

同時に隣の部屋のドアが開き、ガリーナが顔を出した。

「トイレが逃げていくとでも思ったの？」

「ああそうだよ。走り去ろうとしたので、捕まえてお仕置きをしてやった」

と言うと、

「あら、そうだったの。で、結論は？」

ガリーナは理解が早い。

「きみのファンに悪人はいない」

ガリーナが笑みを浮かべ、手の平をアレクセイの手に重ねる。

「彩音さん、きれいになったわね」

「前からきれいな顔立ちだが」

「そういうのとは違って、何か心身ともに満たされている感じ」

「恋か?」

「だと思う。私には分かるわ」

「太田くんか? それ以外の誰か?」

と言うと、ガリーナは小首を傾げた。話をそこで打ち切り、

「あ、そうだ。これから別のホテルに行こう」

と言った。

「急にどうしたの?」

「トイレが使えなくなったから」

と答えると、ガリーナはあきれたように首をすくめた。

新たにチェックインしたホテルは、赤坂よりワンランク落ちるが不快ではない。

部屋で落ち着いたあと、GODIVAの箱を開けてスマホを取り出した。着信が一件。アレク

セイはベランダに出て籐《とう》椅子に座る。日航機が滑走路に向かって下降するのが見える。着地する光景はあいにく建物に阻まれて見えなかった。

月が雲に隠れ、すぐに顔を出す。夏真っ盛りなのに涼しく感じる。スマホを見つめ、イワンとの会話をシミュレーションしたあと発信ボタンをタップしようとしたが、寸前のところで止めた。

イワンとの間に溝ができた。

再会したとき想定できなかっただけに哀しい。

その一方で、池島、太田、彩音の三人への疑惑が解けたことはアレクセイの気持ちを軽くしてくれた。類似の研究を続けている三人への敬意が永遠のものになることを願う。

籐椅子に座って将来のことを考える。思考は巡るが、常に同じところをぐるぐる回ってしまう。祖父の地イスラエルのことだ。そこでの生活であり、研究であり、仲間への信頼であり、両親への感謝であり、そして神と国家への忠誠だ。

ディアスポラ《民族離散》とひと言では言い尽くせない。

両親の顔が脳裏に浮かぶ。モスクワで迫害を受けた祖父母がたまりかねてカムチャッカに移住した。祖父母はカムチャッキーで病死した。祖父母が受けた心の傷は、父に受け継がれた。母も似たような境遇だった。そして迫害と差別への両親の憎しみは、そっくり同じ形でアレクセイに受け継がれた。両親は戻るべき場所に戻った。

国家の概念を幻想とする論は、ことイスラエルに関しては当てはまらない。意思と信仰でできあがった共同体は強固な実体だ。アレクセイの命はイスラエルのために使われる。

目を開くと、ガリーナが立っていた。アレクセイはいつのまにか眠ってしまったようだった。

「疲れているの？」

アレクセイは首を横に振る。

「うなされていたわよ」

「夢を見ていたようだ」

「どんな夢？」

「両親とイスラエル」

「ヤングオイルのことは夢に出ないの？」

「朝から晩まで考えていることは夢には出ない」

「そんなことないわ」ガリーナが言う。「私は夢の中でもギターを弾いている」

「ヤングオイルの夢は見ないが、ラグーンはいつも夢に出てくる」

「ラグーン？　ラグーンとヤングオイルは別の話でしょ？」

「いや同じなんだ」

「どういうことなの？」

「初歩的な話で退屈かもしれないが聞いて欲しい。地球温暖化の影響は様々な変化をもたらすことは周知のことだが、そのひとつに森林火災がある。私たちの研究室では偵察衛星でアリゾナの山火事をはじめとして各地の森林火災を偵察していたんだ。そのとき、これは偶然の何ものでもないのだが、燃えるラグーンを目にしたんだよ」

「ラグーンがなぜ燃えるの？　ラグーンって大陸と海との間に数珠《じゅず》のようにへばりついた湖沼《こしょう》でしょう？　山火事に遭遇したら川や湖に潜って難を逃れるというのが常套手段じゃないの？　水は山火事から命を守ってくれるから」

「確かにその通りなんだ。だから私は不思議に思い、鎮火したあと詳しく調べようと思っていた。数か月あとに、再び偵察衛星でそのラグーンを見てみると、グリーン一色の美しい光景が広がっていた」

「ブルーでなくグリーン？　なぜなの？」

「当時使っていた観測システムでサーベイしてみたら、グリーン色の藻類がラグーン一帯を覆っていたんだ。私たちはさらに調べた。そうすると、このラグーン湖面にオイルが溢れていたんだ」

「もちろん、そのオイルは何億年前の化石から変化したオイルではないのよね」

「その通りだ。ヤングオイルだった」

「ところで、私たちと言ったけれど、あなたとニコライということね」

アレクセイは頷いた。

「イスラエルに送り込んだと言っていたわね。それはなぜ？」

「ひとつはイスラエルが研究のための予算を組んでくれる約束をしてくれたからだ。予算、研究施設、人員すべてだ。すでにクネセット（イスラエル議会）の予算審議を通過している」

「で、理由は他にもあるのね。それを教えて」

「彼の身に危険がふりかかったからだ。それで私がモサドに頼んでイスラエルに連れて行ってもらった。家族ともども」

「あなたが軟禁されたのも、ヤングオイルの研究が発覚したからなの？」

「いや違う。あれは、私に攻撃衛星の研究をさせるための圧力だ」

「そうかしら？」

ガリーナはアレクセイの目をじっと見る。

アレクセイは勘の鋭いガリーナに釣られて笑い、

「おそらく事実は、きみが考えていることだ。当初は攻撃衛星のためだと思っていた。ヤングオイルについて我々は絶対見つからないように用意周到に研究を続けていたのだが、CBPはKGBの後継だけあってインテリジェンス能力は世界一だ。とっくにお見通しだったということになる」

ガリーナは、今度は表情を暗くした。

「心配だわ」

「一緒にイスラエルに行ってくれるなら心配はなくなる」

「それとこれとは別のことよ」

アレクセイは黙った。ガリーナが、

「気に触った？」

と訊く。

アレクセイは首を横に振り、

「明後日、成田発エールフランス機に乗ることができればいいのだが」

つぶやくように言った。

「あと二日ね」

ガリーナを見つめて頷いた。

短いようで長い。トラブルが起きる予感がする。

いまやアレクセイは、衛星研究者ではなく、藻類由来ヤングオイル産出のノウハウを掴んでいる人間と見られているのだ。エネルギー大国にとっては邪魔な存在だ。

ガリーナはアレクセイを見つめながら、

「ヤングオイルのこと、私に話してきかせて。カムチャッキー時代に難しいことを分かりやすく教えてくれたみたいに」

「少し長くなるが」

と、アレクセイは言い、ニコライとの共同研究のことを話し始めた。

2

ニコライが発表したウゾン・カルデラについての論文を読んだとき、アレクセイの頭にいくつかのヒントとシナリオが浮かんだのだった。

忘れもしない二〇一二年九月三日。アレクセイはニコライと初めて会った。いまから七年前のことだ。

お互いに名前と研究領域を知っているので、話はすぐに核心に入った。

ニコライはウゾン・カルデラの特殊性について話し始めた。

「ヒ素、アンチモン、水銀、銅を大量に含むウゾン・カルデラは藻類やバクテリアの最も快適な生息地なんです。しかし、オイルを生み出すのは藻類にもバクテリアにも属さないユニークな微生物なのではないかというのが私の考えです」

「それは何だね?」

「Archea《アーケア》です」

「古細菌か!」

「通常の微生物は呼吸のために酸素を使いますが、古細菌はH_2S(硫化水素)を使うという特殊性があります。Chemoautotrophs(化学合成自家栄養菌)の栄養形態で、H_2Sの還元力でC

O_2から有機物ができると思います」

「あくまで一般論だが、古細菌がオイルをつくるとは思えないのだが」

とアレクセイが疑問を呈すると、ニコライは答えた。

「だから特殊な古細菌だと思うのです。普通の生物はグリセリンに脂肪酸がふたつ結合した脂質（リン脂質、糖脂質）を細胞膜（脂質二十膜）に使っていますが、古細菌の細胞膜は脂肪酸ではなくイソプレノイドからなっています。二重膜ではなく、一重膜のものもあります。で、イソプレノイドの合成系が高ければ原油状の物質をつくるのもあり得るかも知れないと思っているのです」

「その種の古細菌は、きみの手で人為的につくることは可能なのか？」

「ウゾンについては可能です。ただ、特殊な要因、例えば地熱の温度、育った環境などで、普遍性をもつ構造式を書いても意味がないと思うのです」

「ウゾンの古細菌はウゾンでしかありえない……ということか」

「その通りです」

初対面の日はそこで終わり、ニコライは自宅に帰っていった。

それ以来、アレクセイはなんとかしてニコライの手伝いができないかと考え続けた。その後も数回ニコライと会ったが、研究に進展はないとのことだった。

そんなある日、アレクセイが人工衛星で気候変動の影響で頻発する山火事を地球規模で探索しているとき、燃えるラグーンを発見した。それが引き金となって、あるヒントを思いついた。そこから、ニコライとの極秘の共同研究が加速していったのだ。

その日、モスクワの空は晴れ渡り、季節を感じさせないまぶしい太陽光が降り注いでいた。車で南に十五分走り、ニコライとともにコントロールセンターに入った。

ニコライは何度もここを訪れているので慣れているはずなのだが、その日は表情がいつもと違った。センター内に張り巡らされた機械類を点検するようにひとつずつ見回す。ときに右手の平を自分の顎につけ、ときに首を傾げ、ときに目を見張る。

「緊張する理由を教えてくれ」

とアレクセイが笑って訊くと、

「質問の答えはお分かりでしょう。アレクセイ先生の顔に、きょうは特別な日だと書いてあるのだから、緊張もするし、好奇心も募り、恐れもしますよ」

「コーヒーでも飲むか?」

と言うと、ニコライは首を横に振った。

「それなら、始めるか」

とアレクセイは言い、あらためて人工衛星についてニコライに語り始めた。

「人工衛星は高度六〇〇キロ、絶対温度五〇〇~二〇〇〇度の領域を飛んでいる。このとき人工衛星が地表すれすれに飛ぶ速さが第一宇宙速度で、時速二万八八〇〇キロだ。地球を一周するのに一時間半もかからない。

これを使ってウゾン・カルデラで産生したヤングオイルの謎を解明する。複数の衛星とそれらに備えた広帯域のマイクロ波受信アンテナと照射用レーザーを使って。

成層圏突入時の屈折率、大気の温度差、密度の補正、レーザーの照射秒数と到達時間、マイクロ波送信と反射の速度と照射位置の精度。すべては脇にある小さなコンピュータによって計算済み。誤差はほぼゼロ」

ニコライは無言のまま頷いた。

緊張がやや解けたように見えるニコライを巨大モニターの前に座らせた。

モニターには、宇宙空間を浮遊する人工衛星の画像が映っている。

アレクセイはマウスを動かし、映像をズームアップさせて衛星の底部を大写しにした。わずかな歪みもない硬質で平らな底部から突き出た大小ふたつの突起。ひとつは大型レンズだ。そしてもうひとつはカラスの嘴《くちばし》を思わせる硬くて長いもの。

衛星はゆっくりと動く。青い地球と太陽系の惑星。そして背後に膨大な数の恒星や星雲が広がる。

「いまスピードを落としたので視認できると思うが、あそこに見える青い霞が何か分かるな？」

「ブルーマウンテンズ？」

「その通り」

シドニーから西へ百キロほどのところにある国立公園だ。ユーカリの葉から発散する物質で山全体が青霞で覆われる。その幻想的な光景は訪れた者のこころを揺さぶる。

「私は、この山の青霞を見たとき、あることを思いついたんだ」

ニコライがモニターから視線を外してアレクセイを見る。アレクセイは続ける。

「ヤングオイル産生藻類の遺伝子にヒントがあるのでは、とね」

「それは私も考えた。遺伝子の突然変異だろうと。それはウィルスによって成されたのだろうと考えて、オイルを分析したが、何も見つからなかった」

「もうひとつあるだろう?」

「宇宙線ですね? なるほど、それであなたは専門を活かして研究されたというわけですか。で、どうでした?」

「手短に言おう。仮説はこうだ。ヤングオイル産生藻類から発生する特殊なガスがあり、それが無尽蔵のヤングオイル産出に関わっているのではないかと考えた。ブルーマウンテンズの青霞を見て閃いたことがそれだ。

　その仮説を基に、特有のガスを発生させている藻類の繁茂地探索を試みた。やり方はこうだ。モニターを見てくれ。底部にある小さな突起があるだろう? あれはレーザーの射出部だ。レーザーを発射して特殊ガスの一部をイオン化する。通常、分子がイオン化すると分子固有のマイクロ波を四方八方に放射する。このマイクロ波を探査衛星に搭載した広帯域レシーバーで受信するわけだ。その周波数分析で分子を同定できる。これを分子スペクトロスコピーと言うのだが。そうすればヤングオイルの産生藻類自生地を同定できる、という手順だ」

「素晴らしい！」

　と、ニコライが叫ぶ。

「衛星にレーザーとマイクロ波の受信装置がマウントされているということは、すでに自生地は分かっているのですね」

「いまのところ三か所」

「どこです？」

「ひとつは、私が子供の頃ヤングオイルと知らずに採取していたクリュチ。ふたつめは、アメリカ・アリゾナ州フラッグスタッフ」

「もうひとつは？」

「イスラエル南部のベエルシェバだ」

「もっとたくさんありそうですね」

「研究のためだと言ってもそう簡単に私たちの思惑通りに使わせてくれる訳ではないのでね。三か所確定するのに一年半かかったというわけだ」

「それはそうですね。失礼しました」

「謝ることはない。きみとは同志なのだから。で、きみの質問への答えだが、探せば何百とあるだろう。しかし、私にはベエルシェバが繁茂地だと分かっただけで十分なんだ」

と言うと、ニコライは怪訝な顔をした。

ニコライはアレクセイの出自を知らない。わざわざ教えるつもりもない。

「ところで話は変わるが、きみはヤングオイルの研究に一生を捧げるつもりなのかね」

「もちろんですよ。アレクセイ先生のご協力をいただいて、新たな視点を得たのですから、これからは繁茂地のガスを分析して、人工的につくるシステムを開発したいと思っています」

「気をつけなければならないことがある」

アレクセイが声をひそめて言うと、ニコライの表情が変わった。

「分かります」

「国際石油資本が動き出したら、研究どころではなくなるからな」

ニコライは無意識に周囲を見回したあと、

「気をつけます」

と言った。

ニコライの表情がぎこちない。

「何かあったのか？」

「留守中に誰かが家に忍び込んだ形跡があります。二度も」

「奥さんは？」

「家内は息子を連れて義姉の家に泊まりで遊びに行っていたときです。私は研究室に寝泊まりしたり、フィールドワークで外泊することが多いので、そのときは家族を親戚のところに行かせます」

「具体的な被害は？」

「コンピュータが閲覧されています。複雑なパスワードを絡ませていたにもかかわらず」

「身体的危害は？」

「車が私の身体十センチまで迫って通り過ぎました。偶然かもしれませんが」

話はそこで打ち切りとなった。しばらく奇妙な沈黙が続いたあとニコライは腰を上げ、帰り支度を始めた。

ニコライが帰ってもなお、アレクセイは研究室にとどまった。

窓辺に椅子を移動させ、座って外を眺める。雨に濡れた舗道を歩くニコライの姿が見える。いつもの早足で駐車場に向かう。街灯に照らされた一角からはずれ、ニコライの姿は闇に消える。同時に一台の黒い車が駐車スペースから動き出した。

ニコライの車が構内の敷地を出て車道に出る。左方向に走る。その後ろを黒い車が十メートルほどの間隔で走る。

アレクセイは窓辺を離れ、携帯電話でニコライの番号を押した。

「後ろに黒い車がついている」

「あっ！」とニコライが叫び声を上げる。ニコライの車のスピードが上がった。

追う車も同時にスピードアップする。

アレクセイは部屋を出て駐車場に走り、車に飛び乗った。

前を走る二台を追う。

ニコライの行き先は分かる。

南方にある森。思索のときに歩く森だ。

道は蛇行し、背の高い針葉樹と植栽された草花に覆われたゾーンに入る。

前方に黒い車が見えてきた。アレクセイはアクセルを踏む。距離は縮まり、横に並んだ。前方にニコライの車が見える。その向こうに森の闇が見えてきた。

横を走る車の運転席を見る。サングラス、黒い髪、高い鼻梁。細い顎。口元から舌がわずかにのぞいている。

ニコライを追う女の正体を知りたい。

と思ったとき、車は減速したかと思うとブレーキ音を響かせてUターンするや、逆方向に走り去る。

前方のニコライの車は見えないが、電話して無事を確認できた。女だったと言うと、ニコライは、以前の車と同じだと言う。

アレクセイは、落ち着きを取り戻すためにウィンドを下ろして深呼吸を繰り返す。ＩＬに電話を入れる。事情を説明すると、沈黙のあと、「調べる」という言葉が返ってきた。車のナンバープレート番号と車種、色、女の顔の特徴を告げ、電話を切った。呼吸は乱れたままだ。

自宅の駐車スペースに車を停めると、携帯が震えた。ニコライからだ。

「家が荒らされています」

電話を切り、すぐにＩＬに電話を入れた。事情を説明し、頼み事をした。

ＩＬは、ニコライ一家をイスラエルに移住させる手はずをとると確約してくれた。

ニコライは妻子とともに翌日からホテル住まいとなった。そして一週間後、テルアビブ行きのボーイング機に乗った。モサドの護衛付きだから、身の危険だけは避けられる。

3

話し終えると、ガリーナがすぐに口を開いた。

「専門用語が多くて難しい話だったけれど、だいたいの流れは分かったわ。あなたの頑張りも苦労もすべて受け止めることができた」

「私は、きみに国家秘密を話した」

「承知しているわ」

とガリーナは言ったあと周囲を見回した。

「ニコライを狙っていた女、やはり私を取材したワシントン・ポストの記者なのかしら」

「おそらく」

「CIA？」

アレクセイは頷いた。

ガリーナは歩き始めた。

ソファの背を右手で撫でたあと、窓辺に行きカーテンを大きく開いた。夜景が目に飛び込んでくる。ガリーナは数秒外を見てから、くるりと向きを変え、立ったままのアレクセイに近づいてきた。

「もう断定していいのではないかしら」

「何を？」

「あなたが軟禁されたこと、イワンが救出してくれたこと、すべての原因はヤングオイルが関係していた。素人の私にだって分かる。いや素人だからこそ分かるのかもしれない。あなた方は隠し通せるとの自信があるから、簡単なことを見落としてしまうのよ。あなたたちの研究が世界を変えるということを」

ガリーナの言うことに間違いないと思いながら、アレクセイの気持ちはまだ揺れる。

ガリーナがさらに続ける。

「アメリカはすでにあなたとニコライの研究を知っていて、そのノウハウをどうしても欲しいのよ。だから、幼なじみのイワンをあなたに近づけた。アメリカに行けば、ヤングオイルの研究をやらされる。ニコライもいずれ拉致されてアメリカに行かされるわ。ヤングオイルの産生地はあなたが見つけた段階では三か所ということだけれど、同じ方法で、広大なアメリカ国土にたくさんの候補先が見つかるわよね。そうなれば、アメリカのエネルギー事情は変わるし、とくに天然ガスで優位に立っているロシアに勝てる」

「きみの言う通りだ」

「問題は何？　もちろんあなたの出自が第一の重要事項なのだろうけれど」

「そこなんだ、悩ましいのは」

「どういうこと？」

「ヤングオイルはあらゆるものを変えていく。地球のあり方も、各国の争いも。だからどこで実用化されようとかまわないのではないかと自分にいい聞かせる。しかし、やはり私はヤングオイルはイスラエルで成功させたい。そう思うとき、自分の卑小さを思い知るんだ」

絞り出すように言うと、ガリーナは沈黙した。

ふたりとも、その場に立ち尽くす。

無言の時が過ぎていく。

携帯の着信音が沈黙を破った。池島からだと分かり、息苦しさから開放された。

携帯を耳に当てると、池島のいつもの明るい声が聞こえてきた。

「アメリカに旅発つ前にもう一度会いたいと思っていたが、準備で忙しいだろうと思って控えていたんだ。見送りには必ず行くから。少しだけでも話ができればと期待しているのだが」

「もう準備は済みましたので、時間はあります。今度いつ日本に来られるか分かりませんので、もし先生のご都合がよければ今夜あたりはいかがでしょうか。ご無理はなさらないでください」

「無理なんかあるものか。親が死にそうだとしてもきみと会うことを選択するさ。もっとも、すでに両親は亡くなっているがね」

と陽気に笑う。

「私はすぐに出られますが」

「そうか。じゃあ品川のホテル・コンコルドのロビーで待ち合わせよう。赤坂からそう遠くないだろ?」

「赤坂のホテルは引き払いました。いまは羽田空港の近くです。品川なら大丈夫です」

「自分勝手な場所の選択で申し訳ない。私の住まいは三田で、太田くんは東五反田なもので」

「彩音さんは仕事でしょうか?」

「いや、もちろん来てもらうよ。四人でゆっくりとヤングオイルについて語り合いたいと思っているんだ」

時間を決め、電話を切った。

着替えをし終えたとき、ＩＬの言葉を思い出して引き出しに隠してあるベレッタとホルダーを身につけた。過度と思える用意周到さが命を救うこともある。

ホテルに着き、タクシーを降りた。白亜の豪華なホテルだ。そびえ立つ建物をしばらく見つめる。新宿も赤坂も、そしてここも豪勢なホテルが乱立する。いずれも外国資本だ。急速な世の流れを考えてしまう。

ホテルの横にはショッピングモールが併設されている。その駐車場に停まった車をなにげなく見つめた。

ドアが開いて助手席からひとりの女性が降りたった。

彩音だ。

彩音は車から離れず立っている。

運転席のドアが開き、男の姿が現れた。男は車をぐるりと回って彩音に近づいた。ふたりはお互いを強く抱きしめた。身体が離れ、唇を重ねたあと、男は再び運転席に戻った。

車は発進した。

男はキリコフスキーだった。

芽生えた疑念に、激しく動揺した。

疑惑の芽は近い将来とてつもなく大きく成長する予感がする。

ロビーに着いたとき、池島と太田の姿が見えた。ソファに座って話している。アレクセイはすぐには彼らのところに行かず、トイレに入った。落ち着かない。

すっかり忘れかけたころに現れたキリコフスキー。関係を彩音に尋ねても答えるはずもなく、ＩＬに訊いても、答えはしないだろう。

ＩＬがさりげなく言っていたことを思い出した。母のペンダントと父の補聴器が紛失したという話だ。

紛失ではなく盗まれたとしたら。誰が？　と記憶を探ると、あることを思い出した。

ペンダントと補聴器を具体的に誰かに話したことが一度だけある。

池島たちとのカムチャカ行の最後の日、投宿ホテルでアレクセイは池島の部屋から母に電話をかけた。池島の部屋なら盗聴器は仕掛けられていないと踏んでのことだった。しかし、それは間違いだったのかもしれない。

彩音が仕掛けた？

そうであれば、先ほど目にしたことも腑に落ちる。

ベレッタがホルダーにおさまっていることを確認してトイレを出た。

気づいた太田が立ち上がり、深々と頭を下げる。にこやかに笑う。ＩＬが言った通り、太田の右手に包帯が巻かれてある。

「ところで、その包帯は？　けがでもされましたか？」

と訊くと、太田は、

「酔っ払ってふらふらしましてね。身体を支えようと掴んだところに釘みたいなのがありまして。情けない話です」

と苦笑する。

この嘘は、みんなに不要な心配をさせないという気遣いだろう。太田の人柄があらわれている。

みんなで、ホテル内のレストランに入った。

アメリカへの旅立ちと、みんなの健康を祈りつつ乾杯し、とりとめのない話をしながらワインを一本空けた。

二本目に入ったとき、彩音がやってきた。

「遅くなって申し訳ありません」

彩音が椅子に座ったところで、太田が再度乾杯の音頭をとった。

彩音が口を開いた。

「このホテルの隣に商業施設があるのを思い出したので寄ってきました。アレクセイ先生とガリーナさんへのお礼の品を探していました。あそこは海外ブランドで有名ですが、日本の伝統的な商品もたくさんあります」

大きな紙包みをアレクセイに渡す。

アレクセイはおおぎょうに喜んでみせ、感謝の言葉を彩音に伝えた。

もちろん心底喜んでいるわけではない。むしろ逆だ。面倒な仕事がひとつ増えたのだから。

このギフトに何が隠されているのかを調べるという厄介な仕事だ。

「ガリーナさんはいらっしゃらないのですか」

と彩音が訊く。

「きょうはヤングオイル談義だと伝えたので、遠慮したのだと思います。皆さんによろしく伝えて欲しいと言っておりました」

場の空気が通常に戻る。

話はアメリカを舞台にした映画の話から禁酒法時代のエピソード、最近の政治情勢、人種差別、アフガニスタンと話題が飛び、二本目のワインが底を突く頃にはヤングオイルの話題が俎上《そじょう》に載った。

池島は温室効果ガスの排出量を実質ゼロにする〈カーボンニュートラル〉のエースとして藻類ヤングオイルに期待しているのだと力説するが、一方で願望と現実の大きな乖離に頭を悩ませているようだ。話の流れはクリュチで採取した液体のことに移った。

分析の結果、新規の情報を得ることはできなかったことは聞いていた。藻類は存在したが、効率のいいものではなかったようだ。そして何より、チームを失望させたのは、液体がオイルではなく単なる水分だったことだ。火山灰、火山岩塊《がんかい》にまみれてどろどろになっていただけのことだったという。

「お役に立てなくて申し訳ないです」

「そのことだがね」池島が言う。

「私の勝手な想像だが、きみが子供の頃に経験した重油の大量かつ永続的な産出は、藻類の突然変異によるものじゃないかなと思っているのだが」

「そのあたりのお話は、私には分からないのです」

アレクセイは素人を装わざるをえない。

「それはそうだ」と池島が言うと、横から太田が口を挟んできた。

「突然変異の件ですが、大部分の生物での突然変異は宇宙線とウィルスが担うというのが定説です」

「はい、それは分かります」

とアレクセイは答えた。太田が続ける。

「ウィルスが担うのか、それとも宇宙線なのか。カムチャッカではオイルそのものが出なかったし、高温地熱の中ではウィルスの可能性は低いですしね。となると宇宙線が要因かと思ったのです。宇宙線とするなら、他の場所でもそういったケースが散見されるはずですよね」

「おっしゃる通りだと思います」

太田は頷き、さらに続ける。

「ところが、世界中の研究者の論文や個人的な会話の中でも、その事実がひとつも出てこないんです」

「それは不思議ですね」

アレクセイが言うと、池島が口を挟んできた。

「不思議でもなんでもないんだよ。研究予算がつかないからさ。いまの規模で商業ベースに乗せるのはほとんど不可能だし、それならまだ油田の探査に注力する方が現実的だからね。枯渇しているわけではないのだし」

「それで、私の子供の頃の体験に目を付けられたというわけですね。カムチャッカに宇宙線以外の何らかのヒントがあるのではないかと。申し訳ないです。カムチャッカ行きが無駄になってしまって」

と再び謝罪の言葉を口にすると、ふたりともなぜか黙った。

アレクセイは思う。池島も太田もなぜに率直に尋ねないのか、と。

化学と物理の専門家が、「模擬宇宙線」の活用を思いつかないはずがない。

池島グループが考えていることは概ね想定できる。想定が事実かどうか確認したくなり、思い切って言ってみた。

「イオン照射ではうまくいきませんか？」

池島と太田の顔が同時に上がった。

池島が表情を緩めて言う。

「実は、いまきみが言ったことを実施する準備をしているところなんだよ。高エネルギー重イオン、あるいはクラスターイオンを照射して人為的に突然変異を誘発できないか、とね」
「なるほど、つまり模擬宇宙線ですね」

「そうだ。でもそれも簡単にいかなくてね」

「費用ですか？」

「それもあるのだが……」

「他には何がネックなのですか？」

「たとえ模擬宇宙線でヤングオイル産生藻類ができたとしても、まだ解決すべき課題があるんだよ」

「例えばどんなことですか？」

と訊くと池島は説明してくれた。

「自然界に存在しているオイル産生藻類のオイル産生能力を大きく上回る株が模擬宇宙線照射によって創出できたとしても、様々な自然環境に晒される培養地で期待されるスピードで成長するのかという疑問がひとつ」

「自然界は複雑極まりないですからね」

とアレクセイは差し障りのないことを言った。興味ないとでも思ったのか、池島は緩んだ顔を引き締め、

「もう一点だが、これが重要でね」

とアレクセイの興味を引き出すような口ぶりで続けた。

「比重の軽い重油を細胞にため込んだ藻類は培養地の水面層に浮かぶ。そうすると、まだ重油産生が十分でない藻類が水面下に隠れてしまうということになるね。そうすると、光合成の進行が遅れることになり、その結果、重油の生産効率が落ちることになると想定されるのだよ」

池島の顔を見つめていると、モスクワ時代の記憶が蘇ってくる。ニコライとの極秘の共同研究の段階で同じような経験をしたのだ。一瞬俯き、過去を辿る。

黙り込んだアレクセイを心配したのか、池島が、

「アレクセイ、気分でも悪いのか？」

と声をかけてくれた。アレクセイは我に返った。

「すみません。お話が難しいので」

ごまかすと、池島は破顔した。

アレクセイは話の方向を変えた。

「池島先生のお話は私には理解が及ばないのですが、素人なりにひとつ思ったことがあります。池島先生は商業化のハードルのひとつに資金面のことをおっしゃいましたが、加速する国際化時代です、ヤングオイルの商業化に日本が消極的なら、海外に協力を仰いではいかがですか」

「アメリカは頓挫していてね」

「中国はどうですか？　あれだけ広い国土ですし、科学技術レベルも高い、しかもお金持ちです

からね」

「中国はだめだよ」池島が言う。「化石燃料一辺倒だ。南シナ海での探査も加速させているしね。それに、太田くんが大の中国嫌いだからね。まあ冗談はともかく、中国は乗ってこないと思う」

「中国はCO_2排出量トップなのにパリ協定不参加ですしね」

と言うと、太田が首を大きく縦に振り、

「中国はルール違反が多すぎます。温暖化で地球存亡の危機にあるときに自国のことしか考えていないというのは容認できませんね」

と、珍しく感情を交えて言う。

「というわけで、中国に頼るのは無理があるね」

と池島が締めくくった。

話の間にも、さりげなく彩音を観察していたのだが、別段気になる点はなく、笑顔でみんなの話に頷くのみだった。

ワインボトル三本がすっかりなくなったところで散会となり、四人は席を立った。

タクシーを降りたとき、携帯が鳴った。ILからだ。

「ちょうどよかった。いま私の方から電話するつもりだった」

「では、先にお前の用件を聞こう」

「あんたが言った通り、桐生彩音の疑惑が強まった。きょう、キリコフスキーと一緒にいるところを目撃した」

「キリコフスキー？　以前もその名前を出したことがあったな」

「今回は写真ではなく実物を見たのだ。それに東京はカムチャッキーと違って明るい。懐中電灯など不要だ」

「それで？」

「とぼけないでくれ。キリコフスキーは敵か味方か。それさえも言えないというのか？」

「確か以前その名前が出たときは、そのキリコフスキーがイワンを探しているという話だったな」

「そうだ。ふたりの関連を言えないのならキリコフスキーについて、はっきり教えてくれ」

「話はそれだけか」

　ＩＬの人を食ったような物言いにアレクセイの怒りが募ったが、ここは冷静にならないといけないと思い直した。ところが、次にＩＬの口から出てきた言葉は、アレクセイを狼狽させるものだった。

「イワンを始末する」

　とＩＬは言ったのだ。

　アレクセイの頭は突然熱を帯びた。

「理由は？」

「お前を北京に連れて行こうとしている。それを阻止するためだ」

「北京？　どういうことだ？　まるでイワンが米中のダブル・エージェントだとでも言いたげだな」

「お前の指摘通りだ」

「イワンに中国との接点はない」

と言うと、ＩＬの笑い声が聞こえてきた。

「接点がないと断言できる根拠を言ってみろ」

アレクセイは二の句が継げない。唇をかみしめていると、ＩＬが声をひそめて言った。

「イワンは北京行きの航空機をすでに予約している。お前の分もだ。お前はまた別の名前をもつことになる」

「確かな情報なのか？」

「イワンに張り付いている同志がイワンの変化に気づいた。小さな変化はその裏に大きな動きがあることを物語っている」

「どんな変化だ？」

「いつもと違うレストラン、初めて見る色の服、歩くときの姿勢、ポケットに手を突っ込んで歩く時間の長さ」

「ああ、それで？　それだけで？」

アレクセイは苛立つ。ＩＬがさらに声をひそめた。

「通信傍受のプロと、航空会社に潜り込んでいる同志からも精度の高い情報が来た」

アレクセイは沈黙する。ＩＬが追い打ちをかける。

「端的に言おう。お前の行き先はふたつのうちのどちらかになる。北京かテルアビブか。友情を優先するというのならイワンには手出しはしない。それがどのような災いを生むかは言う必要もないな。これは脅しではなく、祖国を愛するユダヤ教徒としての俺からのアドバイスだ」

言葉が出ない。

「何か質問はあるか？」

と訊かれたアレクセイは、頭の中で一連の流れを素早く整理したあと言った。

「モスクワで私が衛星を使って研究していたことは中国に知られていたということだな？」

「その通りだ」

と、ＩＬは即答した。

「一度だけチャンスをくれないか。イワンと直接話してみたい」

「友情か？」

「いや違う。理由が知りたい。話がこじれたら、私がイワンを射殺する」

ＩＬは、無言のまま電話を切った。

4

残り一日。

明後日の出発まで、動けるのは明日のみとなった。

いや、まだきょうがある。時計を見ると二十二時十分。まだ動ける。慌ただしく準備をし、ホテルの部屋を出ようとしたとき、ガリーナが止めた。

「アリーシャ、冷静になって」

ガリーナが同じ部屋にいるのさえ忘れていた。

「あなたの苦しみは理解できるわ。でも、イワンをどうするつもりなの？」

「ＩＬに殺られる前に私の手で葬る」

アレクセイは柔らかい口調で言った。強い意思を表に出したくない。それでもガリーナは顔色を変えた。

「あなたにはできないわ。思い出してちょうだい。カムチャッキーでの日々を」

「だからこそ、イワンをＩＬの手でむごたらしく殺される前に私が苦しまないように人生を終わらせてやるつもりだ」

「幼なじみよ。一緒にカムチャッキー川で遊んだのよ。悪童から助けてくれたのはイワンだったでしょう。イワンがあなたを騙《だま》そうとしているはずはないわ。たとえ二重スパイだとしてもイワンはイワンよ。あなたがアレクセイのままでいるように」

アレクセイはガリーナを見つめる。ガリーナの目はカムチャッキーの空のように青く澄んでいる。口元は引き締まり、頑《がん》として動じない意思を身体全体から放射する。アレクセイは時計を再び見たあとソファに座った。ガリーナは凛とした態度を崩さず、

「あなたと再会できたのはイワンのおかげよ。イワンがいなければ、あなたとの関係は終わっていたわ。だから、私は、イワンを守りたい。ましてや、あなたの手にかかって死んでいくなんて考えるだけで胸が震える」

「どうしろと言うんだ?」

「事実をちゃんと確かめて欲しいわ」

「ＩＬの調査結果に間違いがあったことは一度もない」

「そういう意味の事実じゃないのよ。イワンが二重スパイになるには理由があるはず。たとえば脅し、お金、あるいは人種差別」

「分かった。理由を聞き出し、それが解決可能なことなら障害の芽を摘み取る手助けをしよう。しかし許せないと判断したら殺す」

ガリーナの目が鋭利な刃物に変わった。

部屋を出ようとドアを開けたとき、ガリーナの声が背中に刺さった。

「私、イスラエルには行かないわ。あなたの顔も見たくない」

アレクセイは一瞬立ち止まったが、振り向かずにドアを閉めた。


隅田川に沿った遊歩道を歩くと、ベンチに座る男の影が見えてきた。ドッグラン施設はすでに閉まり、ここを歩く者はいない。川向こうは企業所有の倉庫とマンション。明かりは上を走る新大橋にある街灯だけだ。

イワンが指定した意味がよく分かるロケーションだ。

殺すなら殺せのメッセージがひとつ。川向こうの倉庫にはスナイパーがいるぞという脅しがひとつ。どちらであってもかまわない。

足音に気づいたイワンがこちらに顔を向ける。薄暗いので表情はつかめない。「ここに座れ」という声の大きさでイワンとの距離を意識する。

小さなベンチに腰を落とす。

目の前の夜景を見、川の流れの音を聞く。河岸に野草はない。あるのはコンクリートの壁。カムチャッカ川とはあまりも大きく違うことをあらためて知る。

同時に子供の頃のイワンを思い出す。

何をやらせても一番だった。足の速さ、反射神経、腕力、跳躍力、そして頭脳。アレクセイがイワンより勝っていたのは星座の知識と動植物の生態知識だけだった。

「これを聴け」

イワンは手元のボイス・レコーダーを操作する。

「上司からの俺へのメッセージだ」

ボストンなまりの英語が流れてくる。


――アレクセイには他国でヤングオイルの研究を続けさせないこと。それだけが我々の目的だ。方法はきみに任せよう。手っ取り早い方法をとる必要はない。希望を言わせてもらうなら、アレクセイに我が国で研究を継続してもらいたい。優遇する用意はある――


アレクセイはボイス・レコーダーを見つめる。

いま流れた言葉の意味、意図を裏から斜めから吟味し、本当の意味に置き換える。

「手っ取り早い方法」は「殺す」、「それだけが私たちの目的だ」は大嘘だ。恫喝しながら研究させたいに決まっている。

無表情のイワンにアレクセイは言う。

「ターゲットに依頼情報を流す二重スパイも珍しいな」

「モサドにも、ごまんといるはずだ」

「いや、皆無だ。ラングレーやチャイナと違って依って立つ基盤が違う」

「信仰心や民族、過去の歴史と言いたいのか」

「違う。意志力だ。もっとも、お前が言った三点からつくりあげられたものだが」

「その意志力で何を守ろうとするんだ？　国家か？」

「当然だろう」

言うとイワンが笑う。イワンが考えていることは分かるが、黙ったまま待った。

「俺に国家はいらない。単なる幻想でしかない国家に忠誠を誓ったりはしない。中東の国家の割り付けを見れば一目瞭然だ。戦争の勝利者による勝手な線引き。そんな国に何の意味がある？現実的なことを言えば、俺はアメリカも中国も消えてしまえばいいとさえ思っている。線引きがあるので争いが起こる。戦争屋が跋扈《ばっこ》する。結果、地球は破壊され、人間は死んでいく」

「では訊くが、お前はなぜ、消えて欲しい国のために働いているんだ？　特別な目的があるのだろう。聞かせてくれ」

「目的などない。単なる仕事だ」

「嘘をつけ。お前が仕事や金のために人を殺したり、軍事施設を爆破したり、要人を誘拐したり、拷問したりするはずはない。しかも二国を手玉にとるなど、何らかの目的がなければやるわけがない」

「目的はないが、理由はある」

「それを話せ」

ようやくたどり着いたとアレクセイは思った。

二重スパイは最も忌み嫌われる。発覚すれば壮絶な拷問が待っている。それを知っていて、イワンは敢えて過酷な道を選んだ。絵空事のアナーキーな考えが理由であるはずがない。

ガリーナは脅し、お金、人種差別のいずれかではないかと言った。イワンは金を否定した。脅しか？　人種差別か？　それとも他のことなのか。

どの国もスパイだと分かった時点で拷問を始める。

シリアの拷問が過酷であることは、イスラエルで訓練を受けていたときに何度となく聞いた。シリアに対して注意を喚起する目的があったのだろうが、エリ・コーエンが受けた拷問を聞いたときには身震いしたものだ。肛門をカミソリで切り開いてそこに熱い鉄の棒を突っ込む。目に何本もの針を刺す。ナチス並みだという。背中や胸の切り傷からは肉がはみ出し、そのままの状態で素っ裸のまま人糞と尿の中に首まで漬けられた。

中国の拷問もシリアに負けず劣らず冷酷だと聞いている。イワンをそのような状況に置かせたくない。おぞましい光景を想像していると、イワンが静かな口調で話し始めた。

「俺がカムチャッカの先住民コリャークの出自だということを前提に話していく。よく聞いてくれ」

白い鳥がふたりの目の前を通り過ぎ、空高く舞い上がって消えた。

「大昔、ユーラシア大陸と北アメリカ大陸は地続きだったそうだ。トナカイに乗って行き来していたのかもしれない。なにしろ大昔のことだから、俺が知るよしもない。ところが、アメリカに渡って、体操の練習に打ち込んでいるとき、同じクラブで知り合った中国人が妙なことを言ったんだ。あなたにそっくりの中国人がいるいうんだ。ぜひ会わせたいとも言った。休暇を利用して北京に飛び、その男を紹介してもらった。驚いたぜ。まるでクローンだ。一卵性双生児といっても誰も疑わないほど俺とうりふたつなのだ。背丈、体重、体格、顔の輪郭、目鼻立ち、すべてが。

俺は思い出した。さっき言った地続きのことを」

「カムチャッカを含むオホーツク一帯は、昔中国と交流があったと聞いたことがある。そのためだろうか?」

「よく知っているな」

とイワンは言い、さらに続ける。

「流鬼国《りゅうきこく》というのが大昔あった。その国は七世紀ごろ中国、当時は唐だったかな、そこと交流があったそうだ。朝貢《ちょうこう》だ。唐は大国だったので、流鬼国が唐に貢ぎ物をしたということだ。流鬼国が現在のどの位置にあるかは定かではないが、カムチャッカ半島だという説がある。つまり俺の祖先の国だった可能性はある。当然、婚姻関係があっただろうことも推測できる」

「よく調べたな。考古学が専門でもないのに」

「ルーツを探すのは当然だ。お前がユダヤのことをとことん調べ尽くし、帰属意識に目覚めたのと同じだ」

さっきいなくなった白い鳥が再び現れた。カモメだ。住処《すみか》を探すように宙を舞っている。イワンも上を見上げる。

「話をずらしてすまなかった。クローンの話に戻ろう。といってもひと言で済む話なのだ」

「そのひと言に、お前のすべてが凝縮されているということか？」

促すと、

「その男に取り込まれたんだ」

と、イワンはありきたりなことを言う。

「つまりは、その男に中国のエージェントになれと強要されたということなのか」

イワンが頷く。

「断ることができなかったのだから、よほどの脅しがあったのだな。同情はするが、残念だがお前の手助けはできない。俺の行動を束縛したり、あるいは俺を拘束しようと考えないでくれ。俺の望みはそれだけだ」

イワンからの返事はない。沈黙の中でアレクセイは、イワンが受けただろう脅しのことを考えてはみたが、そのことに意味はないと思い直した。

ダブル・エージェントになった理由が分かったところで、イワンの末路が幸せなものになることはない。

せいぜい長生きしてくれ、と言おうとしたが、アレクセイは躊躇った。

イワンはじっと隅田川の対岸を見つめている。

橋の上にある街灯がイワンの横顔を照らす。

細く小さな目の上に太く濃い眉、横に広がった鼻、高い頬骨、狭い額。ひと目でオホーツク古代人種の末裔と分かる風貌だ。

イワンは常に差別の波の中にいた。それはアレクセイが受けた差別が霞むほどの過酷なものだった。

四世紀ほど前にロシア人がシベリアに進出し、さらにカムチャッカにも流れ込んだ。ロシア人、ベラルーシ人、ウクライナ人などだ。王朝から社会主義国家へ、そしてペレストロイカを経て現代に至るまで、時代の変遷に関わりなくユダヤ人と先住民は迫害を受け続けた。

イワンの無言が続く。

迫害を受け、差別を受けたイワンの家族は貧困に喘いでいたはずだが、なぜか家庭は暖かかった。両親もひとつ上の兄も、眉間にしわを寄せることは皆無だった。もちろん、アレクセイの前でのことだけだったのかもしれないが、愚痴ひとつ言うことなく活発で、常に前向きだった。いまでも、イワンの家族一人ひとりの笑顔を思い出すことができる。みんないまのイワンと同じような容貌で、平べったい鼻が笑うと横に伸びる。とくにイワンと兄のユルトとは顔かたちも体型もよく似ていた。

そういうことなのか……アレクセイは自分の頭の中にふと浮かんだことに驚愕した。

イワンを中国のエージェントに仕立てあげた男の正体はイワンの実兄・ユルトに違いない。

「お前が苦渋の選択をせざるを得なかった理由が分かった」

イワンは返事をしない。

「ユルトだな」

イワンの顔が歪む。

「お前を死なせたくない。いいかよく聞け」

アレクセイはイワンの耳元に近づいてささやいた。

「モサドがお前を狙う。気をつけろ」

イワンは何も答えず、じっと対岸を見つめている。

アレクセイは諜報に従事する人間としてのルールを破った。どんな批判を浴び、そのために死に直面しようとも、ルールよりも大事なことがあるはずだ。

そのとき、イワンがアレクセイの足を蹴った。膝頭に強い衝撃を受け、アレクセイの腰が落ちた。同時に、耳元でヒュンと音がした。

ライフルの銃弾が風を切った音だと気づく。腰が落ちていなければ、いまごろアレクセイの首から上は吹き飛んでいた。

咄嗟に対岸に目をやると、イワンが「見るな」と強い口調で言った。と同時に、イワンが襲いかかってきた。腹に拳がめり込む。アレクセイは右拳をイワンの顔に見舞う。イワンがアレクセイの身体を掴み、引きずり倒す。取っ組み合いが続く中、イワンが耳元で小さな声を出した。

「このまま格闘を続けろ。ライフルの銃弾は対岸の倉庫の窓からだ。また飛んでくる」

イワンはアレクセイに馬乗りになって殴り続けながら、

「このあと、俺をはねのけて顎に右アッパーを繰り出せ。俺の左目の視力が落ちていることを中国エージェントは知っている。右アッパーを食らっても、演技と気づかれることはない」

アレクセイは、言われるとおりにイワンの胸を両手で思い切り押し、右拳をイワンの左顎に叩きつけた。イワンがのけぞり、仰向けに倒れた。

再び銃弾が風を切った。

数センチの差で命拾いした。

アレクセイはイワンをそこに残し、河岸のコンクリート壁沿いに走り、新大橋につながる階段を駆け上がった。

対岸から飛んでくるライフルの銃弾には、これまでとは違って明らかに殺意が含まれていた。

5

腕時計の針は十時五分を指している。イワンと話したのはわずか三十分。

わずかな時間だったが、イワンの心境を知ってしまったいま、アレクセイの気持ちは深く沈む。

もう会うことはないと思ったものの、現実を見ればそうはいかない。イワンはアレクセイの前に必ず立ちはだかる。

携帯が鳴った。彩音からだ。腹の底でどうにか落ち着いていた鉛が再び動き出す。

「あ、こんばんは」

彩音の声は幾分沈んでいる。

「いまお話ししていいですか?」

「かまわないよ」

「お会いできないでしょうか」

「かまわないが、さっきワインボトル三本飲んで別れたばかりだよ」

軽い調子で言ったのだが、彩音は乗ってこない。

「急に相談したいことができまして」

深刻な話のようだが、なんと言っても疑惑だらけの彩音だ。そう簡単に誘いに乗ることは危険だ。

「相談のさわりだけでも教えてもらえないかな」

「実は、太田さんが行方不明なんです」

「品川のホテルで皆さんと別れてまだ三時間も経っていないのに、行方不明とは大げさすぎると思うのだが」

「品川を出たあと銀座のバーで飲み直そうということになりました。タクシーを降りてバーに入ったところで、振り返ると太田さんの姿が消えていたんです。最初はトイレかと思ったのですが、トイレは店内ですし。外に出て周辺を歩いて探したのですがいません。電話もかけましたメールもしました。返事はありません」

彩音の物言いは真剣だ。

頭に「罠」の一字が浮かび、危険信号が点滅し始めたが無視することにした。いちいち信号を守っていたら前に進めない。バーの住所と店名を聞いてタクシーの運転手に告げた。

タクシーは新大橋通りを走り、新富町を右折して銀座二丁目に向かう。

ウィンド越しに銀座の街並みを見つめ続ける。何らの感慨も覚えない。景色が心に染みていかない。街並みを楽しむ心の余裕もない。無事にテルアビブに行くことができるか、そのことで頭がいっぱいだ。それなのに、罠に自らはまろうとしている。

罠の中に入らなければ得られないものもある。

あと一日といえども危険はあっという間にやってくる。邪悪は虎視眈々とアレクセイを狙っているのだ。それならば、早いうちに立ち向かう方が危険度は下がる。

タクシーを降りると、指定されたバーのネオン看板が目に入った。

入り口の前で立ち止まり、ホルダーのベレッタを確認した。

ドアを押して店内に入ると、カウンターに座る彩音の後ろ姿が見えた。

ひとりだ。

ドアの開閉音で気づいたのか、彩音が振り返りスツールを降りて頭を下げた。彩音が座るスツールの隣の席についた。

ギムレットを頼んだ。バーテンがシェイカーを振るあいだ、彩音もアレクセイも黙ったままだ。彩音の顔は精彩を欠いている。カクテルグラスを口に運んだ。彩音はそれをじっと見ていた。

「話を聞きますよ」

「明日早いので断ったのですが、深刻な話だというので、短時間ならということで承諾したんです。だから姿が消えたとき、悪い予感がして」

「メールを送って、まだそれほど時間が経っていないのでは？」

「電話もメールもすぐに返す人なんです」

「単に急用ができたのでは？」

「いえ、この時間に電話がつながらないことは一度もありませんでした」

スマホが故障しているのではないかと言うと、

「二台とも同時に壊れることはありえません」

池島に電話してみたが知らないという。実家にも連絡したが笑って相手にしてもらえないそうだ。

「心配無用ということでしょう。ご両親は太田さんを信頼されているから、それと彩音さんにいらぬ心配をさせないための気遣いなのではないですか」

「太田さんの両親はすでに亡くなられています。実家にはお姉さんが住んでいるんです。電話に出たのもその人で、実はその人と太田さんは折り合いが悪いと聞いています」

「それで、彩音さんを邪険にしたのかな？」

「それもあると思うのですが……」

彩音は何か言いたげだが、カクテルグラスを持ったまま思い詰めたように目の前のグラスが並ぶ棚を見つめている。

恋人同士なら様々な障害があるだろう。ばりばりの新聞記者だと思っていたので、彩音が無口になったのが逆に新鮮に感じられる。

「研究施設にこもっている可能性は？」

「いえ、太田さんは常識人だから、承諾をとることもなく突然行動を変えることはありません」

「太田さんが言った重要な話というのが気になりますね。恋人の彩音さんにしか話せないことなのでしょう」

と言うと、彩音の表情が険しくなった。

プライベートなことに軽々しく触れてしまった。

「失礼しました。余計なことを言ってしまって」

彩音の表情が和らいだ。どうやら怒りをおさめることができたと安堵したのだが、彩音は意外なことを言った。

「私たち、恋人同士ではありませんよ」

「私の勘違いですか」

「お付き合いを懇願されたことはありますが、私は仕事のことで精一杯なのでその気はないと伝えています」

「立ち入ったことを言って申し訳ありません」

「いえ、かまいません。それより太田さんのことが心配なのは理由があるのです」

「聞かせてください」

アレクセイは彩音の次の言葉を待つ。

「実は……カムチャッカから戻って以降、一緒に歩いていて頻繁に周囲をきょろきょろ見回すようになったのです。理由を訊いてみると、尾行されているようだと言いました」

「尾行されるようなことをしているとは思えないが」

「はい。私もそう言ったのですが、かなり危機感を抱いているのが伝わってきていました」

「そういえば、右手に包帯巻いていましたね」

「あれは、単なる怪我ですよ」と彩音はあっさりと言い、続けた。

「ただ、ここ数日は以前の元気を取り戻したように電話の声が弾んでいましたので安心していたのです」

「彼の変化について心当たりはありますか」

「いま研究中の内容に関係していることは確かです。はっきりした言葉で聞いたわけではありませんが、さかんにヤングオイルは大きな問題をはらんでいると口にするようになりましたから」

「大きな問題とは？」

「ヤングオイルの増産体制が一気にできれば、国家間の紛争にも発展しかねないということだと思っているのでしょう」

「大げさと言っては失礼かもしれませんが、池島チームの研究は発展途上なのですから、心配はないのではないですか」

「太田さん、少し誇大妄想的なところがありますので」

彩音の表情が和らぐ。着信メロディが鳴った。彩音がポケットからスマホを取り出す。

ディスプレイを見て表情を崩す。

「太田さんからです」

彩音はすぐにスマホを耳に当てた。そこでまた異変が起きた。

彩音はひと言も発しない。相槌も打たない。じっと電話の向こうの声に耳をそばだてている。

眉間にしわがよる。

彩音は電話を切り、スマホをカウンターに置く。

アレクセイは無言のまま彩音の表情を見る。

「息づかいだけが聞こえました。それも荒い息」

アレクセイは、為す術《すべ》がない。

「あ、そうだ」

彩音は再びスマホを手にとって操作し始める。

「あります。メールが来ています。空メールですが、ＧＰＳで居場所が分かります」

「どこになっている？」

「南麻布」

南麻布といえば中国大使館だ。

なぜだ？

そのとき、アレクセイの携帯が震えた。ポケットから取り出す。ＩＬからだ。

硬いスツールから降り、外に出た。ＩＬの声が聞こえてくる。

「太田に張り付いている者から緊急連絡が入った。太田の自宅に着いたとき、少し離れたところに中国大使館の車が停まっていた。すぐに男三人がエントランスから出てきた。太田と一緒に」

「ちょっと待ってくれ。なぜ太田をマークする？　問題なしと結論を出したのではなかったか？」

「念のためだ。特別なはからいだ。お前がテルアビブに無事に着くまでのな」

「で、太田はどうなっているんだ？」

「当て身を食わされてトランクに入れられた。車はいま中国大使館に入ったそうだ」

「なぜ太田が中国に狙われる?」

「真相が分からない。調べてくれ。太田が生きていようが殺されていようがかまわないが、問題はその理由だ。こちらに関わることなら、その芽を摘まないといけない。大国相手に大変だが、日本は警備態勢が甘いし、パブリック・アイ《公衆の目》・システムなどないのだから動きやすいだろう。我々に関係ないことで殺されたと判明すれば放っておけ」

「いくら警戒が甘いといっても大使館に入ることは無理だ」

「やり方は任せる」

「やつの自宅に入ってPCその他を精査してみよう」

「とにかく急いでくれ。もちろん慎重に。状況は大きく変わってきている」

「どんな風に?」

「中国、ロシアの時間外のネット通信が激しく動いている」

「……」

「それだけじゃない。メジャーが動き出したとインフォーマー《情報提供者》が伝えてきている」

「……」

「お前が標的になっている。捕まったら、胃が溶けてなくなるほどの大量かつ強力なクスリで、お前はゲロせざるを得なくなる」

それまで黙っていたアレクセイは、思わず言葉を出していた。

「ゲロするものなんて、私にはないのだが」

「……」

今度はＩＬが沈黙した。しばらくすると、それまでとは違う口調で話し始めた。

「お前がモスクワで行方不明になったとき、研究室と自宅を調べさせた。ニコライとの共同研究の成果は、どこにもなかった。他国、あるいはメジャーにもっていかれたのかと思ったが、お前がそんなドジを踏むはずがないことに気づいた。すべてはお前の頭の中に記憶されているのだろう。訓練しているので自白剤はお前には通用しないにしても、胃袋に穴が空くクスリにお前が勝てるとは思えない。そういうことだ」

電話は切れた。

店に戻った。彩音は背を丸めてスマホを凝視している。スツールに座り、

「ＧＰＳはどうなっている？」

「南麻布のままです」

「空メールは来なくなった？」

彩音は表情を硬くして頷いた。

「太田くんの自宅に行ってみないか。意外と無事かもしれないし。合鍵は持っている？」

「持っているわけないでしょう」

「高級マンション？」

「いえ。築四十年の古びたマンションだと言っていました。エレベーターもないとか」

支払いを済ませて、通りでタクシーをつかまえた。

「そうだ、大事なことを言い忘れた。太田くんの家には私ひとりで行くことにする。あり得ないとは思うが、万が一危険な状況になっているとすると、あなたも危険にさらされる。十二時までには連絡を入れるので、自宅にいてください」

彩音は躊躇う。それを無視して、タクシーにひとりで乗り込んだ。


彩音が言った通り、太田のマンションは古びていた。

ゴムマスクをかぶり、手袋をして階段で三階まで上がる。手すりはさび付いた金属だ。防犯カメラが廊下にあったが無視して通り過ぎる。簡易な錠前は針金ひとつで解錠できたが、ドアは開かない。上部か下部に仕掛けがしてあるのだろう。太田の部屋は角部屋。隣の敷地は駐車場。左隣の部屋は明かりが消えているが念のためドアホンを押した。反応はない。もう一度、二度三度と押した。すぐに太田の部屋の前に戻り、ホルダーからベレッタを抜き、サイレンサーを装着する。バックパックから手探りで暗視ゴーグルを取り出し、頭に装着した。

上下についている蝶番《ちょうつがい》に銃弾を撃ち込んだ。支点をなくしたドアがぐらりと傾ぐ。音が立たないようにゆっくりと手前に移動させると、ようやく身体を滑り込ませるスペースが空いた。

一歩踏み出したとき、闇が光り、乾いた音とともに左腕に激痛が走った。咄嗟に床に身体を伏せ、同時に引き金を二度引いた。小さな叫び声とフローリングに何かがぶつかる音がした。そのあとは静寂が。

暗視ゴーグルが倒れた男を映し出す。動いているのがかすかに見える。辛そうな息づかいが聞こえる。

壁のスイッチを押す。蛍光灯の明かりが男を照らし出す。鷲鼻《わしばな》、頬骨が高く、唇は薄い。パーカーを羽織っているので骨格は判然としない。見知らぬ男だ。挑むような目でアレクセイを見ているが、スローモーションのように光は弱くなり、消えた。

男の胸に手を当てる。瞳孔を確認する。絶命している。

ポケットを探る。男の所持品すべてをバックパックに入れる。男の右手から離れて転がっているワルサーはそのままにしておく。撃たれた左腕に痛みが走る。ハンカチできつく縛る。

書斎に入り、デスクにあるPCからハードディスクを抜き取る。書棚の本を視認、目にとまったものを取り出してページをめくる。引き出しをチェックする。太田の仕事に関する書類を斜め読みする。重要なものはない。けっきょく手がかりがあるとするならハードディスクのみということになる。部屋を出るとき、もう一度男を見る。微動だにしない。腕時計の針は十二時ジャスト。

すぐに彩音に電話を入れた。ドアホンを押したが太田は出てこなかったと嘘をつく。早晩ばれることだが、その頃アレクセイはテルアビブだ。

ＧＰＳはどうなっているのか訊くと、反応しないと言う。当然だ。所在が分かる携帯は破壊されたに違いない。太田の身の危険が深刻なものになっているということだ。アレクセイは平然を装い、何か変化があったら、すぐに連絡して欲しい旨を伝えて電話を切った。

周囲に注意を払いながら外に出る。撃たれた腕の痛みが激しくなる。タクシーの姿が見えないので路地に入り、ＩＬに電話を入れる。経過説明が終わると、大使館へ行けと言う。タクシーがやってきたので手を上げた。そのとき後ろから羽交い締めにされ、引きずられるようにして狭い路地に連れて行かれる。鋼鉄のように硬く熱い腕が万力のようにアレクセイの首を絞めていく。かろうじて右手を動かしベレッタの銃把を掴んで取り出す。引き金を引こうとした瞬間、男の手で払い落とされる。

首に絡みついた腕の力が一瞬緩んだ。

肘を男のみぞおちに打ち込む。手が離れる。振り向いて右フックを浴びせる。男がのけぞる。右足で回し蹴り。男が吹っ飛びポリバケツの列に突っ込む。すかさず後ろから男の右手を掴んで後ろに曲げる。肩の骨が折れ、腕がだらりとぶら下がり、男が上げた悲鳴が空気を切り裂く。

これで終わりだと思ったが、そう簡単ではなかった。先ほど銃弾を受けた腕の同じ箇所に激痛が走る。男の手には刃渡り二十センチのナイフが握られている。見るとざっくりと切れ、血が噴き出している。アレクセイは右足でナイフを持った男の手を蹴り上げる。ナイフが宙に舞い地に落ちる。男に突進する。馬乗りになり、拳で人中を打つ。男の歯がぼろぼろとこぼれ落ちる。恐怖の表情が浮かぶ。首の頸動脈を右手で絞め、男の意識を奪う。動かなくなった。

ポケットを探りながら、ＩＬに電話をかけ、事情を説明する。右を見ると電柱に住所表示があったので、伝えた。

ポケットのものをすべて抜き去り、バックパックに入れる。パスポートを開く。国籍アメリカ合衆国。パスポートにある渡航履歴は中東。

ようやく姿を見せた。メジャー（国際石油資本）だ。顔を見る限り、キリコフスキーではない。十五分後に通りに車が停まり、中から男ふたりがこちらに走ってくるのが見えた。そのうちひとりの顔に見覚えがある。記憶を辿る。確かデブラという名前だ。表向きは駐日イスラエル大使館二等書記官のはずだ。

意識のない男を置き去りにして、アレクセイはふたりのイスラエル人に支えられながら車に乗った。

車はイスラエル大使館がある二番町とは違う方向に走る。方向が違うと言おうとして、思いとどまった。

当然のことだ。大使館に行ったところで、傷の治療やハードディスクの分析はできない。アレクセイはバックシートに背中をあずけ、加速する車の車窓から流れる景色を眺め続ける。痛みが激しくなる。

6

アルコールの匂いが鼻につく。

処置台に寝かされるのは、いい気分ではない。白衣を着た医者は英語が話せる日本人の女医だ。愛嬌はないが腕は確かだと聞いた。

女医は無言のまま、裂傷近くに注射器を当てる。ニードルを差し込み、プランジャーを押していく。数分経ってから、容器に入った液体を傷口に流し込む。激しい痛みに、「これは何だ？」と問うと、「オラネキシジン」と答える。この女医は必要最小限のことしか口にしないようだ。それが逆に頼もしく感じられる。メス捌きも堂に入っている。

アレクセイは女医に身をゆだねることにして力を抜くと、なぜかイスラエルでのことが脳裏に浮かび上がった。

モサドの訓練でアレクセイは常に上位だった。猛者《もさ》が集まる集団格闘訓練だったが、なぜか負けなかった。傷だらけになりながらも生き残ることができたのは国家と民族への忠誠だと信じて疑わない。ふたつは強力なエンジンとなってアレクセイを駆り立て、優秀な課報員に仕立て上げてくれた。

アレクセイには訓練の他にもうひとつやるべきことがあった。ロシアでの研究で成果を出していくことだ。その要請にもアレクセイは十分に応えた。

そして、モサドでの地位も上がっていった。

初めてテルアビブに行ったときの驚きを思い出す。シェルター付きの住居をあてがわれた。ライフルと弾薬もあった。特別扱いなのかと最初は思ったが、そうではなかった。市民すべての家がそうなっている。国からの支援金も潤沢だ。

国と民族を守るため。そのために市民を守る。そんな国家に数日後には住むことになると思うと、気持ちが高揚する。

「終わったわ」

女医の声で我に返る。マスクを外した女医の美人顔をまじまじと見る。

「痛みのない手術も珍しい」

と褒めると、何を勘違いしたのか、

「闇病院と闇医者をバカにしない方がいいわ。ここには麻酔も手術設備もあるし、麻酔の適量に関する知識もあるの」

無事に手術を成し終えた興奮もあるのか、女医の目の光がアレクセイに刺さる。ありがとうと礼を言うと、表情を百八十度変えた。

「また、いつでも来ていいわよ」

「それは勘弁して欲しい。命はひとつだから」

女医は外国人のように首をすくめ、処置室を出ていった。

女医と入れ替わりに大使館員が姿を現した。

「あの女医に、あとでよろしく伝えてくれ。これまで出会った外科医の中でも最高の技術を持っている」

「大げさですね。単に組織検査と縫合ですよよ。まあ神経系統を注意深く避けてくれたようなので腕がいいことは確かですが」

「何者だ？　こんな病院にいる美人女医は？」

「昼間は宝山大学病院の専任ドクターです」

「それがどうして、ここに？」

「ユダヤ教徒です」

大使館員が窓辺に歩み寄り、カーテンと窓を開けた。季節にふさわしくない涼しい風と車の排気ガスの匂いが同時に入ってくる。地獄や天国にいるわけではないことが実感できる。常に死の淵にいることを余儀なくされているのだから、安堵せざるをえない。

「イワンはどうしている？」

と訊くと、大使館員は顔の表情をなくした。

「足取りがつかめません。ガリーナさんは無事です。事情は話しておきました。イワンは？　と訊かれましたので、無事だと伝えておきました。いまは行方不明ですが、少なくとも、あの時点では無事だった訳ですから」

アレクセイはただ頷くにとどめ、

「ところでどうだった？」と話題を変えた。

大使館員の表情が戻った。

「ハードディスクですね」

頷くと、

「いま池島プロジェクトで行われている研究内容について、要領よくまとめてありました」

「書類は？」

「藻類研究、ヤングオイル関連の論文書きかけのもの、池島教授の著作からの抜粋です」

「そもそも、太田はなぜ中国に狙われているんだ？」

大使館員は鼻筋に手をやったあと、

「それはまだ判明していません」

と言う。

「中国大使館からの情報はとれないのか？」

「国交樹立しているものの、まだ三十年未満と日が浅いので。それに両国に思惑があって、単純な国交とは言い難いのが実情です。それを度外視して、とくに、スパイ活動というナイーブな問題を訊くことは無理がありますし、できたとしても相手は答えません。ただ、個人的な繋がりがありますので、その線で真相を探っているところです」

時計の針は五時を指している。わずかの時間だが熟睡できた。レースのカーテン越しに日差しが室内に流れてくる。横を見ると、大使館員がソファで姿勢をただしたまま目を見開いている。

ベッドから降りるとき、腕に激痛が走った。白い包帯が巻かれた左腕を見つめる。着替えをしていると、大使館員が立ち上がり、室内の至るところをチェックし始める。ホルダーから取り出したベレッタの銃把《じゅうは》を握り、ドアを静かに開ける。廊下を見回したあとドアを閉めて窓辺に向かう。カーテンを少し開けて外をじっと見る。

女医が言ったことを思い出した。

ここは「闇の病院」なのだ。

噂は常に空間を漂い、それを拾い集めようとする者のところに流れていく。

世界中、安全な場所などないのだ。

身支度を終え、大使館員が運転する車に乗った。行き先は羽田。投宿先のホテルだ。

太田の件は仕方がない。太田を狙っても、ヤングオイルに関して中国に役に立つ情報は得られない。

思考から太田が消え、入れ替わってイワンの顔が脳裏に浮かんだ。

イワンへの義理は隅田川河岸での話し合いで果たしたつもりだ。友情によるふたりの絆はその時点で消えた。アレクセイもイワンも当初の目的を果たすべく動くだけだ。

つまり、イワンはアレクセイを中国に連れて行こうとする。アレクセイはイワンが張るだろう非常線を突破して父祖の地に向けて走るまでだ。

あと一日を乗り切ればよい。

きょう一日！

とアレクセイはこころの中で何度もつぶやく。

太田の部屋に不法侵入していたメジャーは再び必ずやってくる。中国、ロシア、アメリカ合衆国と違って、メジャーはアレクセイを消そうとする。ヤングオイルが実用化されたら、メジャーの価値は消滅するから。

車窓から日の光が入り込む。高速道路を滑るように走る車の中でアレクセイの緊張は徐々に解き放たれる。

運転席の大使館員に声をかける。

「私の両親は元気にしているだろうな」

ルームミラーに映る運転手の目がアレクセイを見る。

「はい。お元気だと聞いています」

「悪いが、一旦停止して、電話で確認してもらえないだろうか。父の声が聞きたいので」

ルームミラーに映る運転手はすでにアレクセイから視線を外している。車を徐行させることなく、片手でスマホを耳に当てて話し始める。

「十分後にお父様からお電話があります」

羽田空港が見えてきたとき、携帯が震えた。

「おはようパパ。元気そうだね。耳の方はどう？」

「補聴器をなくしたときは焦ったが、いまは大丈夫だ」

「見つかったのかい？」

「枕元にあった。それはいいんだが、今度は認知症がやってきたのかと思うと、やりきれない」

「パパの頭はしっかりしているよ。話していて分かる。で、ママのネックレスは？」

「ママも同じさ。自分で置いたところを忘れていたようだ」

「ムーシャも相変わらず散歩好きかい？」

「ムーシャ？　なんだ愛犬の名前も忘れたのか。ボーニャだよ」

「あ、そうだった。長いこと会ってないのでね。元気ならいいんだ」

電話を切ると、ルームミラーで大使館員と目が合った。笑ってみせた。

「安心したよ。面倒なことを頼んで悪かった。なにしろ父親は高齢なので心配になってね」

「もちろんです。親孝行の先生は素晴らしいです」

父と決めていた符牒がある。ムーシャとボーニャ。万が一、心身ともにひどい仕打ち受けているときはムーシャで通す。しかし、父はボーニャと訂正した。つまり、問題なく生活できているということだ。

ともかく安心した。両親の安全が確認できたことだけでなく、符牒を忘れていなかったことも。父は惚けてはいないのだ。

だから、補聴器は誰かが盗み、思い違いに歯がみしながら、元の場所に戻した、という推測はできる。


ほどなく、車はホテルに到着した。

カードキーをかざして部屋に入る。大使館員も後ろからついてくる。大丈夫だからと言ったのだが帰ろうとしない。任務を邪魔しないことにした。

ガリーナが練習のために使っている部屋からギターの音色が流れてくる。

タレガの「ラグリマ」だ。難曲ではないが美しく哀しみをたたえた曲だ。ちょうどホ短調に転調したところだ。子供の死を知らされてつくったというこの曲のメインテーマに入るところだ。最後まで聴こうと立ち止まったのだが、すぐに音は消えた。

ドアが開いてガリーナが顔を出す。その顔が一瞬凍り付く。大使館員がいたからだ。アレクセイの腕を覆う包帯は長袖シャツに隠れて見えない。

大使館員の任務は終了したのか、部屋を出て行った。

ただ、アレクセイ護衛の任務が完全に終わったわけではない。おそらく、この部屋が臨める場所に車を停めて明日まで万が一のときの出動態勢を保ってくれるだろう。

ガリーナは緊張した面持ちでアレクセイの前に立った。怒りはすでに消えている。イワンを始末しなかったことを知っているからだ。

だからといって、気持ちが晴れているはずはない。

ガリーナが冷蔵庫からワインボトルとグラスを二個持ってきた。ラベルには「ロマネコンティ1976」と書かれてある。ガリーナがテーブルに置いたグラスにワインを注ぐ。

グラスを合わせようとするガリーナの目を見つめる。

「私の誕生年の高級ワインを探してくれたのか」

と言うと、ガリーナは微笑んだあと、グラスに口をつけた。ワインがガリーナの喉を通っていくのを確かめたあと、アレクセイもグラスに口をつけた。

「私の誕生年のワインを選んでくれたことの意味を考えている」

「何も言わないで」

ガリーナは近づいてきて人差し指で唇をそっと触り、すぐに離した。

ふたりはお互いの身体のどの部分にも触れていない。

しかし、目だけはお互いを見る。探り合いではなく、見つめ合うのでもない。お互いの視線は虹彩を見つめ、瞳と水晶体を突き抜けて奥へ奥へと進んでいく。

同じようなことがあった。モスクワのユダヤ人コミュニティに所属していたスパイと対峙したときだ。アレクセイの視線は男の目の奥に突き進んだ。男はあたかも瞳に針が刺さったかのように苦しみの声を上げた。クロアチア国籍の男は、シリアのエージェントであることを白状した。一対一の勝負で男は負けたのだ。

ところがガリーナとアレクセイはどちらも音を上げない。勝ち負けの問題ではないからだ。

「きみの決意が翻《ひるがえ》ることがないことを私は知っている。悲しいことだが、永遠の別れも覚悟している。では、私はどうすればいいのだ。ずっと自問してきた。しかし、答えは出なかった」

「生活する土地は違っても、こころはつながったままでいられると思うのよ」

「そんなことを軽く言わないでくれないか」

「どうすることもできないの。分かるでしょう。あなたは父祖の地への帰還が命より大事。私はいまのイスラエルに行くことは信条的にできない。ただそれだけのこと」

「きみはロシアのマスメディアで育ったので仕方がないところはあるのだが。パレスチナとイスラエルを比べたとき、どうしてもパレスチナはアンダードッグ《弱者》という印象が強く残る。しかし争いのあるところ、片方だけが〈悪〉ということはありえない。イスラエルが一方的に争いを仕掛けているわけではない。アラブの武装集団、例えばハマスにどれほど酷い仕打ちをされたか。きみが見ている世界より見ていない世界の方が大きいということもある。前にも言ったと思うが、イスラエルは小国で、周囲をアラブ国家に囲まれている。アラブの、とくにテロ組織の目的はイスラエルという国家を消滅させること、その一点だけなのだ。過去の歴史を辿っても仕方がないが、パレスチナ地域は紆余曲折を経てきた。近代においては列強の思うがままに国境を線引きされた。とくにイギリスのやり方は酷かった。バルフォア宣言でシオニズム運動が認められたと思いきや、イギリスは裏切り行為をした。フランス、ロシアとの間でのサイクス・ピコ協定を、そしてアラブ人との間でフサイン＝マクマホン協定を結んでいたんだ。つまりは二枚舌外交をしたのだよ。ユダヤ人は自国を持たない民族となって千八百年に及ぶ苦難の歴史を歩んできた。きみには、私たちの民族の苦悩を体感することはできない」

「私にも分かるのよ」

「いや、申し訳ないが、頭で理解することと、情念で分かることとは違う」

「そうじゃないの」

「では、どういうことなんだ?」

アレクセイは自分の口調に棘《とげ》が混じっていることを自覚する。言い直そうと思ったとき、いまいる空間に風を感じた。

空気が揺れる。

真一文字に閉じられているガリーナの口がゆっくりと開く。

「私の母がウクライナ人だということは知っているはずだけれど、ユダヤ系ウクライナ人だということをあなたは知らない。私があなたに伝えていないから」

アレクセイは動揺を必死に隠そうとして、

「ということは」

とそこまで言ったとき、ガリーナが続けた。

「イスラエルでのユダヤ人の定義は、ユダヤ人の母親から生まれた者とされているわね。違うかしら。つまり、私もユダヤ人なのよ」

アレクセイは立ち尽くしたまま無言を通す。言葉が出ないのだ。

「兄は母方の祖父と一緒にイスラエルに渡った。両親は私を連れてカムチャッカに。どうしてそうなったのかは分からない。訊いても話してくれなかったから。私はまだ三歳だったから兄の記憶は希薄だけれど、強くて優しかったことだけは覚えているわ。一九八五年のことよ。知っているでしょう。ロシア愛国主義団体パーミャチが創設され、ユダヤ迫害を加速させたこと」

ガリーナが近づいてきた。言葉を出せずにいるアレクセイの右手からワイングラスを取り上げてテーブルに置いたあと、ガリーナはアレクセイの胸に顔を埋めた。

どのくらいの時間が経過したのか。アレクセイの身体をしっかり抱いていたガリーナの腕が離れ、ガリーナは隣の部屋に消えた。

呆然と立ち尽くすアレクセイの耳にギターの音色が聞こえてきた。

記憶を辿り曲名を思い出した。「ゲッティンゲン」だ。

シャンソン歌手のバルバラが歌った曲。以前この曲にまつわるエピソードを聞いたことがある。

ドイツのプロモーターから声がかかったときバルバラは何度も断った。しかし、再三のアプローチに根負けする形で承諾し、ドイツのゲッティンゲンでリサイタルを開いた。ドイツの観客から嵐のような拍手を受けたバルバラはうれし涙を流した。そしてそこから帰るときにつくった曲が、いま隣の部屋から流れてくる曲だ。

ドイツでのリサイタルを当初固辞した理由は、バルバラがユダヤ系フランス人だったからだ。

（あなたは永遠にバルバラにはなれないようね）

ガリーナは、民族、ユダヤ教、父祖の地に固執するアレクセイに、そう語りかけているのかもしれない。

ガリーナはこの曲を聴かせることで、アレクセイとの別離を宣言しているのだ。

その日の夜、ガリーナは夢を見た。

水平線から顔を出した太陽から一筋の光が海を照らした。海岸線に座ったふたりのところまで早く届いて欲しいとガリーナはこころの中で願う。ベーリング海の黒と太平洋の青。二色の海がガリーナの目の前に浮かび上がる。

アレクセイが笑いながら同じ色だと言うのだが、ぜったいに違う色だとガリーナは言い張る。太陽が半分ほど顔を出すと、二色の海は同時に輝き始める。光の粒が踊りながらガリーナの瞳の中に入ってくる。目を閉じることなく見つめると、身体がふっと軽くなり背中に生えた羽で海の上を飛ぶ。

太陽が丸い顔を出したとき、アレクセイが言う。

「ガリーナ、黒い点が見えるかい？」

「見えない。丸いオレンジ色。黒くなんかない」

「僕には見えるんだよ。あの黒い点が地球をコントロールしているんだ」

「でもこの国をコントロールしているのはゴルバチョフさんでしょう？」

「いまはね。でももうすぐそうではなくなっていくらしい。ソ連邦は崩壊間近だということなんだ。あ、でも僕が言いたかったのは政治的な話じゃなくて、地球全体のことだよ」

「教えて」

ガリーナはアレクセイの顔を見つめる。自分と六つしか違わない十五歳なのに、アレクセイは大人のように見える。

いなくなった兄の代わりになってくれたアレクセイ。でもいつの頃からか兄の代わりではなくなった。アレクセイを見ていると、胸騒ぎがし、顔を覆いたくなり、泣きたくもなる。自分の気持ちが不安定になっている。

アレクセイは来月モスクワに旅立つ。そのことを聞いたとき、ガリーナは大声で泣いた。喜ぶべきことのはずが、ガリーナには悲しい出来事なのだった。

ブルーの目でガリーナを見つめながら、アレクセイが口を開く。

「こういうことなんだ。太陽には黒点という温度の低い部分があって常にその数は変わるんだが、その数の変化が地球の気候に影響を与えているんだよ」

「どういう風に？」

「黒点の数が増えると地球は暖かくなるんだ。暖かくなり過ぎると山火事が起きたり、氷が溶けて洪水になったりと自然災害が多発する」

「ちょっと待って。それって逆じゃないの？　だって黒点って温度が低いんでしょう？」

「そう思いがちだけれど、逆じゃないんだよ。温暖化には宇宙線が関係していてね。分かりやすく説明すると、こういうことなんだ。黒点が増えることは太陽の活動が活発で、電磁波の放出が多くなるんだ。その電磁波が宇宙線を蹴散らすので地球に降り注ぐ宇宙線の量が少なくなるのさ」

「宇宙線が減るのと、温暖化はどう関係しているの？」

「宇宙線が減ると雲ができにくくなるんだ。と言うことは晴れの日が多くなって地球が温暖化していくということだよ。黒点の増減は十一年周期だという説もある」

アレクセイの説明は分からない言葉が多かったが、おおまかな意味は理解できた。

でも、カムチャッキーは寒いし、北に行けばタイガ、ツンドラと寒さは厳しい。ガリーナは温暖化の方がいいと思うのだが、それは言わなかった。それよりも、アレクセイが自分と違う世界に行ってしまうことが悲しい。成績優秀でモスクワの大学に特待生で行ってしまう。会えなくなる。

ガリーナは夢の中で泣いた。

7

アレクセイは薄暗い地下駐車場をガリーナとともに歩く。

ヘッドライトが光る。エンジン音とタイヤの擦過音《さっかおん》が同時に聞こえる。見ると車は出口からすでに出て行ったあとだ。再び駐車場内から光が消える。

教えられたナンバーをつけた車が見えた。ふたりはドアを開けてリアシートに座った。

明日は、アレクセイもガリーナも日本にはいない。アレクセイはテルアビブ、ガリーナはロンドンだ。

二番町のイスラエル大使館でガリーナは降りた。

別れは何らの感傷もなく終わった。

車が発進したあと首を後ろに回してガリーナの後ろ姿を見た。ガリーナは振り返ることなく建物の中に入っていった。

すでに未来のみを見つめているのか。すべてが終わったときの清々《すがすが》しさを感じているようにも見えた。

未練という言葉がアレクセイの胸の奥に芽生えたが、それも一瞬のことだった。アレクセイも未来を見つめる。そうすると、それまであった哀しみの残滓《ざんし》がすっと消えた。

エンジン音が心地よく、睡魔が襲ってきた。ほとんど眠っていないので当然のことだ。

どのくらい眠ったのか。急に目覚め、腕時計を見ると五分しか経っていない。寝ぼけ眼《まなこ》で窓の外を見る。電柱に杉並区の表示が見えたとたん、驚きで目が覚めた。

方向が逆だ。この車は成田には向かっていない。

アレクセイはホルダーからベレッタを取り出そうとした矢先、誰もいないはずの助手席からコルト・パイソンが現れた。銃口はアレクセイの眉間に向かっている。

「ベレッタをホルダーに戻せ」

目出し帽の男の声に聞き覚えはない。運転手を見た。表情を変えることなくステアリングを握っている。どこでどうやって入れ替わったのか。

「目的は何だ？」

アレクセイが訊く。

男は答えない。

回答などなくても分かる。西方向に走っているのだ。行き先は横田基地しか考えられない。そこから直接アメリカに強制連行しようというもくろみなのだ。日本の制空権はアメリカが握っている。つまりは国家主導でアレクセイを拉致しようとしているのだ。

当然、イワンが計画を練ったのだ。

ということは、イワンは中国を捨てたのか。ユルトを捨てたのか。

このままだと、抱いてきた理想は実現することなく単なる夢で終わる。苛立ちの原因はそれだけではない。両親とニコライのことだ。アレクセイがイスラエル行きに失敗すれば、実質的な人質である三人に身の危険が迫る。

手をこまねいているときではない。

打開策が閃いたとき、男が握っているコルトの銃身がわずかだけ上に動いた。

拳銃を渡せという指示だ。

アレクセイはベレッタが入っているホルダーをはずして男に渡した。

男が左手で受け取ったときコルト・パイソンの銃口の向きが横にずれた。コンマ数秒のチャンスが生まれた。

アレクセイは左足のすねに固定したホルダーからナイフを抜き去り、男の右腕を払った。腕から血が噴き出し、男のうめき声が漏れる。と同時にコルトが火を噴いた。拳銃は男の手から離れ
アレクセイの膝に落ちる。男はアレクセイから奪ったベレッタの引き金を引こうとする。

そうはさせない。すかさず左手にナイフを突き刺した。ベレッタが落ちる。血の臭いが漂う。

男は顔を歪ませ、息を荒くした。運転手は無表情のままステアリングを握っている。

訓練された男だ。

「車を停めろ」

ベレッタを運転手のこめかみに当てる。車が徐行する。

停車したとき、車から降りるよう命じた。男たちは指示に従い、ドアを開けて外に出る。銃口を向けたまま運転手の衣服をチェックする。武器は携行していない。ポケットをさぐる。名刺入れを取り出した。そのとき、かすかに血の匂いが鼻をかすめた。目の端に男の影が映る。咄嗟に身をかがめる。男がのしかかってくる。男の腕からしたたる血がアレクセイの首と顔に付着する。いつのまにかベレッタが運転手に奪われている。銃口がアレクセイの頭に向き、血みどろの男の手は予想以上の力で首を締め付ける。徐々に気が遠くなる。

ゴラン高原でのことを思い出す。教官が言った言葉。「迷いは死に直結する」「敵の息づかいを聞け」「死ぬ前に殺せ」。

首に敵の息がふりかかる。激しい息づかいだ。

その正確に時を刻むような息づかいが瞬間乱れた。

そして好機がやってきた。

先ほどから右手に握っていたこぶし大の石を迷わず男の傷口に叩きつけた。

男の悲鳴が闇をえぐる。身体が離れたときを逃さず男を抱え上げ頭から地面に落とした。

男は泡を吹いて転がったまま動かなくなった。

再び教官の言葉が頭に浮かぶ。「一か所に留まるな」。

アレクセイは右に走り、振り向く。運転手が拳銃を向けている。ホルダーからもう一本ナイフを抜き、右手で放つ。ナイフはひゅんと音を立てて風を切りながら一直線に飛び、男の腕に突き刺さる。腕を押さえて苦悶する運転手に素早く近づき、顔面に拳を叩きつけた。鼻骨が折れる音が低く響いたが、血が噴き出ない。首のあたりに異変が見える。男の胸ぐらを左手で掴み、右手でよじれた首筋に触ると指がすっと入る。一気に剥がした。ゴムマスクを剥ぎ取られた男は痛みに耐えきれずに叫ぶ。

男の顔はイワンでもキリコフスキーでもなかった。

車のトランクを開くと、拘束のための道具一式が入っていた。アレクセイを縛り付けて横田基地から米軍機に乗せるつもりだったのだろう。

せっかくだから、この一式は暴漢ふたりのために使うことにした。

頸動脈を絞めて男の意識を落とし、トランクに放り込んだ。ロープで手足を縛る。両足に重り三十キロの足かせを噛ませる。運転手の右手ともうひとりの男の右手を手錠でつないだ。手錠の鍵は通りに沿って流れる川に投げ捨てた。

ふたりとも身元が分かるものは一切身につけていない。

アレクセイは運転席に座った。ＩＬに電話を入れ、罵詈雑言を浴びせた。ＩＬは謝りなどせずただ黙っただけだ。本物の大使館員はどうしたのだと訊くと、死んだと言う。人の死をわずかひと言で片付けたことに驚く。驚きは徐々に怒りに変わっていく。

落ち着けとＩＬが言う。

「いま、別の仲間をそちらに向かわせている。トヨタ・レクサス。ナンバー　品川５２３２１１。色は濃いブルー。それに乗り換えて成田に向かえ。レクサスにはエージェントをもうひとり乗せている。その男がお前を襲った人間を処理する」

「処理？」

「殺すという意味ではない。身元の特定だ」

「迎えがきたようだ。とりあえず、礼を言っておく」

「お前と祖国と民族のために、我々は命をかけている」

ＩＬはそう言って電話を切った。アレクセイの気持ちに霞がかかり、理由の分からない違和感が走る。

レクサスが通り過ぎた。ナンバーが違う。

運転席に座ったまま、目当てのレクサスがやってくるのを待つ。

五日市街道を行き来する車を子細に見つめる。五分、十分、二十分が経過してもやってこない。アレクセイはエンジンキーを回した。

左折して玉川上水近くの路上に停車する。ＩＬから渡された携帯に搭載されている発信器で、居場所は分かるはずだ。川の流れをしばらく見つめる。街灯の光で川面がかすかに見えるが、流れを意識させるのは音だ。カムチャッカ川を思い出し無意識に比較している。川幅、水量、周囲の環境、すべて違うことに気づく。

クラクションが鳴った。アレクセイも応じた。レクサスが左折して、ゆっくりとやってくる。ナンバープレートを確認する。間違いない。アレクセイは車を降りた。

レクサスの左右のドアが開き、男ふたりが姿を現した。運転席から降りた男は拳銃を右手に握っている。用心のためだと最初は思った。しかし様子が違う。黒い予感が芽生える。

相手は無言のままだ。表情もない。中折れハットをかぶり、スーツを着こなしている。長い足と広い肩幅が目立つ。

「銃をしまってくれ。暴漢はトランクの中にいる。身元を示すものは一切身につけていない」

拳銃を持った男は返事をしない。代わりに助手席から降りた男が返事をする。

「アレクセイ、悪いが手錠をかけさせてもらう。暴れられると困るからな。それだけの理由だ」

街灯が真正面にあるため逆光で顔が見えないが、体型と声で男の正体が分かった。

「イワン、度が過ぎないか？」

「何度も言うが、アメリカでお前がやりたい研究をさせる用意がある」

イワンは躊躇うことなく「アメリカ」と言い放った。

中国を捨てたのか？　なぜだ。

イワンの横で銃を構えている人間の素性が分からないので、軽はずみなことは言えない。ましてや、中国を話題になどできはしない。

「研究者には場所を選ぶ権利がある。お前がやろうとしていることは、自由の剥奪《はくだつ》だ。アメリカの自由の女神は崩れ去ったのか？　リンカーンの精神はどこに行った？　嘘八百で固めてイラクに攻め込んだときから変質したのか？　それともケネディを暗殺したときからか？　そんな国に私は行くつもりはない」

「軍用機はすでに待機している。お前に暴力をふるいたくはない。あきらめてくれ」

「ひとつ助言しておくが、私ひとりでは何もできない。だから人質にはなりえない。お前がアメリカの然るべきセクションのボスに説明して納得してもらったとしても、いずればれることだ。そのとき、お前は新たな任務を背負うことになる。それはお前だけの問題ではなくなる」

「ヤングオイルの解明がまだなされていないということか？　それなら心配はない。アメリカには優秀な科学者が数多くいる。協力してやってもらうことになる」

「それならば、その優秀な者たちに任せればいいだけの話だ。わざわざユダヤ系ロシア人を誘拐する必要はない」

「いや、お前が必要なのだ」

「なぜ？」

と訊いたが、イワンは答えることはなく、

「車に乗ってくれ。横田米軍基地から軍用機でワシントンに向かう」

とだけ言った。

イワンはなぜ中国を見限ったのか。
考えられることがひとつある。
イワンの兄・ユルトのことだ。アレクセイは、車に乗ったあとイワンに言った。
「ユルトは元気なのか?」
イワンは何も答えない。
しかし、ルームミラーに映るイワンの顔は激しく歪んだ。

第四章　二〇一九年九月

1

これほど強くクラクションを鳴らし続けたことはない。

前を走る車が車線を変えて強引に割り込んできた。イワンの激しいクラクションに驚いたのか、車は再び元の車線に戻った。しかし、今度は割り込まれた車からクラクション攻撃を受けている。

イワンは自分の行動を理不尽だとは分かっているが、感情を止めることができない。

前方がすっぽりと空いたので、今度はアクセルに怒りをぶつけた。車は加速し、メーターの針がぐんと伸びる。

イワンを怒らせているのは中国だ。

中国はヤングオイルに投資はしない。

十分な油井《ゆせい》を保有し、さらなる油田を求めて軍事力を増強する。かつて、アヘンで国土と住民を悲惨な目にあわせた英国を中心とする列強やそこから派生したアメリカなど眼中にない。

何人もの中国国家安全部の人間に聞かされたことだ。

アレクセイを連れてこいというのは、単に幽閉してヤングオイルの普及を阻止するためだ。世界のエネルギー市場は化石燃料と天然ガスで十分だというのが中国の本音だ。

ヤングオイルという特別なオイルが世界の石油市場を席巻《せっけん》すれば、これまでの膨大な投資が藻屑となって消え去る。

（つぶせ！）

（地球温暖化のための世界的枠組みなど関心の外だ！）

中国国家安全部の人間たちの大声が頭の中でこだまする。

その考え方には理がないとイワンが思い始めたのはかなり前からだが、最近、気持ちは大きく揺れ動く。

アレクセイと隅田川河岸で会ったとき、川を隔てた倉庫ののぞき窓に男の影を認めた。男は双眼鏡を目に当てていた。アレクセイと会うことなどは国家安全部には一切知らせていなかった。

すでに自分は監視の対象となっていたということだ。

アレクセイが去ったあとかかってきた電話の主から、

「なぜ始末しなかった？」

と詰問された。自分がアレクセイ射殺に失敗したことに腹を立てているのだ。

引き金を引く機会は何度もあったはずだと、双眼鏡の男は言った。

ところが、イワンにしてみれば、そんな機会は一度もなかった。イワンにそのつもりがなかったからだ。

「銃弾を一発ぶち込んでやった方がよかったんだ。考えてもみろ。北京に連れて行けば、やつは拷問を受けて苦しみながら死んでいく。くそまみれになって、毒が身体全体にまわってな。生き地獄は中国の得意とするところだ。お前も見学したことがあるだろう」

電話が切れたあと、イワンはその場で嘔吐した。

万里の長城近くに残る廃墟につくられた洞窟で見せられた凄惨な拷問を思い出したのだ。アレクセイをあんな目にあわせるくらいなら、自分のワルサーで射殺しておけばよかったと、双眼鏡の男が言ったことを是と考えた。嘔吐の原因は、そんな自分への嫌悪からだった。

イワンにできることは、アレクセイを中国に連れて行き、拷問されるのを阻止し十分な研究体制を整えてくれるよう国家安全部を通じて説得することだと思っていた。そして、中国に住む兄・ユルトとともにアレクセイの研究を支援していきたい、と。

カムチャッキー時代のアレクセイをいつも思い出す。

星が降りてくる夜。太陽が迫ってくる昼。夜は星座の一つひとつを分かりやすく解説し、夜空に瞬く星を見上げながら、「どこかに俺たちと同じ生物が必ずいる」とアレクセイは何度もつぶやいた。

そして昼。熱を放射してくる太陽を見つめながら、「俺たちは太陽の奴隷だ。しかし、いずれは太陽観測衛星が太陽を分析して我々を解放してくれる。太陽と俺たちは主人と奴隷の関係ではなくなり、仲間として共存していくことになる。それまで、我々の住む地球は生き延びなくてはならない」と力説した。

アレクセイは、いつも「対等」を重んじた。差別を憎んだ。自由を希求した。

イワンのこころは乱れる。CIAの顔と中国国家安全部工作員の顔。アレクセイをアメリカに連れて行くべきか、それとも中国か。いやもうひとつの選択肢であるイスラエルか。

アレクセイが最も望むイスラエルに行かせるためには、イワンはふたつのエージェントを降りなければならない。それはすなわち死を意味する。

兄・ユルトが中国にいなければ、イワンはCIAエージェントとして人生を終えていただろう。兄と再会したばかりに……しかもいまの兄は車椅子の生活。兄の両足は銃撃戦で受けた傷口が悪化して切断を余儀なくされた。すでに工作員としての活動が不可能となっている兄がどのような処遇を受けているかは見なくても分かる。

その兄が危篤状態にあると知らされたのは三日前だ。病状を訊いたが、要領を得ない。明確に話してくれないのだ。イワンは苛立ち、根拠のない憶測を胸に抱いた。

それが単なる憶測であろうとも、兄の病状は変わらない。いや、病気なのかどうかも不明なのだ。

「三日後、羽田発北京行きの航空機に必ずアレクセイを乗せるのだ」

命令口調で言い放った双眼鏡の男は、何を思ったか、

「そうすれば、お前はユルトと会える」

と言った。

憶測は憶測でなくなった瞬間だ。イワンは考える。取引のことを考える。下手をすると兄弟ともに地獄に落ちる。

「兄を元気づけたいので、ZOOMで会話できるようにしてほしい。アレクセイが北京直行便に乗ることに何らの障害もない」

「三日の辛抱だ。ユルトは小康状態を保っていると聞いている」

イワンは食い下がる。

「兄と話がしたい。話さないと落ち着かず、任務遂行に支障を来《きた》す恐れがある」

「そんな柔なやつには任せられないな」

「俺の代わりはいないぞ。アレクセイとは旧知の仲の俺だからこそできることだ。ZOOMを手配しろ」

双眼鏡男は不承不承《ふしょうぶしょう》に承諾した。

「連絡その他で時間がかかるので明後日ということで交渉してみる」

「だめだ。明後日は任務遂行日の前日。準備で忙しい。明日だ」

交渉成立と思っていたが、兄の声を聞くことはけっきょくできなかった。

ＺＯＯＭの画面に現れたのは見知らぬ男だった。

「残念ながら、お兄さんは先ほど息を引き取られました。日本時間で午後九時三十五分でした」

横にベッドがあり、横たわっている男の姿が見える。兄かどうか判別できない。遺体を見せてくれと言うと、カメラが近づき兄の顔を映し出した。紛れもなく兄の顔ではある。死に化粧で本来の顔が保たれている。しかし、わずかに映った首筋には数本の黒い線。

イワンのこころは激しく乱れ、血が沸騰する。

国家安全部の指示は、兄の死を考慮するものではなかった。ひとりの死よりも万人の死を憂えよと暗に示唆された気持ちがする。欺瞞に満ちた教義。共産党の教義から離れてしまった中国を思い、徐々に怒りの炎が燃え盛る。

怒りのマグマを抑えようと唇を噛んだが効果はなく、今度は火の粉がアメリカに飛び散った。

自由のない国。選挙権があれば自由だと勘違いしている国民。相変わらず嘘をつきながら、世界を蹂躙《じゅうりん》しようと画策する傲慢な国。すでに国力は衰退しているにもかかわらず。

そして火の粉は、強欲なふたつの強大国から、イワン自身に飛び散る。

ふたつの国に翻弄されながら追従してきた自分自身に。

横田基地のゲートが見えてきたとき、イワンは車をＵターンさせた。

助手席の男がイワンの顔を見る。ホルダーから拳銃を取り出そうとする。

イワンは太ももの下に隠しておいたワルサーの銃把を握り、男の眉間に銃口を向けて引き金を引いた。弾丸は貫通しないで脳の中心で止まる。眉間に黒い穴が開いた。イワンは運転席にもたれかかる死んだ男を片手で押し返す。男の頭がウィンドにぶつかり小さな音を立てた。眉間の穴から黒い血がしたたり落ちた。

「成田に行く」

言うと、後部座席のアレクセイは、

「お前はどうするつもりだ？　ふたつの国に狙われる」

「人の心配などするな。自分のことだけ考えろ」

「そうはいかない」

「黙れ！　俺にはすでに親兄弟はいない。守るべきはお前とガリーナだ」

「お前を死なせたりはしない」

と、アレクセイが言うと、イワンは鼻で笑った。

「ふたつのくそ国家に殺されても、後悔の欠片《かけら》もない」

アレクセイの返事がない。ルームミラーを見ると、アレクセイが笑顔を見せている。複雑な感情がイワンの胸に立ち上がったとき、バックミラーに映った車が見えた。

同じナンバーのレクサス。

イワンの中で渦巻いていた興奮が鎮まっていく。

2

ルームミラーに映るイワンの顔に安堵の色が浮かんだ。

アレクセイは運転席にいるイワンに話しかける。

「後ろの車に移るぞ。その方が安全だ」

ところが、イワンは、

「だめだ」

と拒否した。

「後ろのレクサスは、ボディは装甲車に近い強度の鋼板が使われている。アサルトライフル五〇口径でも貫通できない」

アレクセイの言葉にイワンが反論する。

「物理的な危険は外からだけやってくるわけではない」

「もちろんそうだ。しかし、お前の不安が杞憂であることは私が保障する。お前が横田基地手前からUターンしたことを、すでにＩＬは知っている。ＩＬはお前を守る。ユダヤ人に偏見をもたないでくれ」

イワンは無言のまま、運転する。八王子インターから高速に乗ってから一時間が経過した。あと三十分ほどで成田インター、三分後には新空港インターだ。それまでに何事も起きないという保障はない。

「成田インターで降りる」

「なぜだ？　三分走れば空港に着くのに」

とアレクセイは訊く。イワンは自分の行動の危険性に気づき、恐れをなしたのか。中国やアメリカに狙われることの恐怖が忍びより、イワンから冷静さを奪っているのか。

アレクセイは後ろを振り返る。レクサスは間には車一台を挟んでついてきている。

後ろの車はメルセデスだ。アレクセイは記憶をたどる。ようやくイワンの思惑に気づいた。メルセデスは横田からずっとついてきているのだ。

「イワン、後ろの厄介な車をどうするつもりだ？」

「この際だから、始末しておいた方がいい」

とイワンは答えて口を閉じた。

車は国道２９５を空港とは逆方向に走り、途中で左折して一般道に入った。

振り返ると、二台が我々を追走している。イワンはどうするつもりなのか。黒のメルセデスに乗っている者はどこの誰だ。アレクセイはホルダーからベレッタを取り出したが、一瞬考えたあとすぐにベレッタをホルダーに戻した。

フロアに転がしてある革のケースからライフルを取り出す。ガリルMARマイクロ・アサルト。銃身は短いが貫通能力は大きい。

「物騒なものは使うな」

と、イワンが言う。

「護身のためだ」と軽くかわすと、イワンは、

「レクサスが消えた」

と言った。後ろを振り返ると、イワンが言った通りだ。

そしてメルセデスが車間距離を詰めてくる。

イワンは、ガソリンスタンドを通り過ぎたあと見えてきた交差点を左折した。

成田山が近いためか土産物屋、飲食店、住宅が道路際に並んでいる。スピードが上がる。向こうに空き地が見えてきた。広大な空き地だ。周囲に民家はない。

イワンは車を空き地に乗り入れた。砂利の音が車内に入り込む。後ろから追ってくるメルセデスとの距離が少し離れた。木立群が見える。その中にプレハブの建物がある。トーチカの代用にはならないが、ないよりはましだ。

イワンはどうするつもりなのか、と思った矢先、車体が傾いだ。

「タイヤをやられた」

イワンが怒声を上げる。アレクセイは咄嗟に振り返ると、助手席のウィンドからライフルの銃

身が突き出している。アレクセイはウィンドを下ろしたあと、アサルトを握った。

「やめろ！」

イワンの言葉が飛んでくる。

かまわず窓から銃身を突き出した。

狙いを定め、引き金を引いた。

弾丸は乾いた音を残してメルセデスのタイヤに命中した。メルセデスの速度が落ちる。もう一度引く。わざと外した。

レクサスが姿を消したいま、後ろのメルセデスを代わりに使う必要があるからだ。通常、スペアタイヤはひとつだ。例えふたつあったとしても、交換に時間がかかりすぎる。

イワンに「急げ」と言った。夜空の下《もと》での銃撃戦には慣れている。イワンはアクセルを踏んだ。

それでもタイヤをやられた車のスピードはたかがしれている。

建物の前に辿りついた。

メルセデスとの距離三〇メートル。数秒後には横に並ぶだろう。

その前に銃弾が発射され、我々のレクサスが蜂の巣になり、最悪だと炎上する。

「建物に入って二階に駆け上がる。時間は十分がリミットだ。民家が離れているとしても、人の耳はライフルの音を拾う。ポリスの出動までに片をつける」

イワンは頷き、フロントドアを開けて外に飛び出した。銃弾が飛んでくる。

イワンが地面に伏せて応戦する。アレクセイは後部左ドアから飛び出した。敵の銃弾がレクサスに集中する。タイヤがすべてつぶされた。

時間は残り八分。

メルセデスのドアが開いた。男ふたりが左右のドアから飛び出した。続いて後部ドアからさらにひとり。三人いるとは思わなかった。アレクセイは走る。イワンも立ち上がって建物に入り込んだ。

二階の窓から外を見ると、公園内にあるオブジェの陰に潜んで機会をうかがっている様子。三人とも白人だ。国籍は分からないし、いま知ることなどできない。

気になることはひとつ。やつらの標的はイワンか、それともアレクセイか。

「もうすぐ警察が動き出す。このままだと日本で拘束される。それだけは避けたい」

「これを使う」

とイワンが言う。手榴弾だ。

「やめろ。特定される」

「ロシア製だ。捜査当局は困惑するだけだ。攪乱はできる」

アレクセイは頷いた。

「それに賭けよう。メルセデスも吹っ飛んで使えなくなるが仕方ない」

ふたりの合意が成立し、イワンが窓を開けて外を伺う。そこでイワンの動きがぴたりと止まった。

息もしていないかのように身体が固まっている。目を血走らせ外を見続ける。

何が起こったのか。

アレクセイはアサルトの銃身を窓枠に滑らせる。ゆっくりと顔を出してみた。

信じられない光景が目に入った。

三人のうちふたりが地面に倒れている。動く気配はない。

動いているのは残りのひとりだけだ。

その男が空を仰いだあと、顔をひきつらせてメルセデスに走り寄った。

男の右手がメルセデスのドアノブに触れたとき、男が悲鳴をあげた。

男はしばらく身もだえしていたが、首をかきむしりながらその場に頽れた。

上空から急速に降下する物体が見えた。

ドローンだ。

男の身体の二メートルほど上でホバリングしたまま、何かを男の眉間に落とした。針のようなものが眉間に突き刺さり、男は動かなくなった。ドローンは上空に舞い上がり、飛び去った。

カムチャッキーで襲われたとき助けてくれたドローンと同じやり口だ。

またしても太田がドローンを駆使して助けてくれたのか？　そんなはずはない。太田は中国大使館に監禁されたままなのだから。

パトカーのサイレン音が遠くから聞こえてきた。アレクセイとイワンは顔を見合わせたあと、階段を駆け下りた。三人の生死を確認することもせずに、放置されているメルセデスのタイヤ交換を始めた。手際よく交換を終えて車に乗る。イワンがエンジンキーを回す。静かなエンジン音が室内に流れる。車が動き始めたとき、建物の脇から別の車が姿を現した。イワンは慌てたように車を急発進させた。

イワンがこれほど取り乱したところを初めて見た。

「イワン、車を停めろ」

と言うと、

「気が狂ったか」

とイワンは怒声を放った。

「正気だ」

と答えると、イワンは沈黙してバックミラーを見た。息を吐き、

「そういうことか」

と言って車を停めた。

公園の生け垣の後ろに、先ほど消えたレクサスが停車している。

すぐに飛び出そうとするイワンを制してから、アレクセイはＩＬに電話を入れた。

ＩＬはすぐ電話に出た。

「後ろの車に乗っている男の名前は？」

「キリコフスキー」

「説明はあとで聞く。ただ言っておきたい。理由がなんであれ、私を愚弄するのは金輪際やめてほしい」

怒気を含ませたのだが、ＩＬは平然と言う。

「他に質問は？」

アレクセイは動揺を隠し、

「モサドか？」

「そうだ。最強のな。それで安心したか」

「いや、まだだ。キリコフスキーのコードネームを教えてくれ」

「コルドバ。電話してみろ」

とＩＬは言い、電話番号を教えてくれた。すぐに電話した。男の声が聞こえてきた。

「コルドバだ。あんたは？」

「ジャッキー」

「ＯＫ。早くこちらに来い。あと二分で日本のポリスが到着する」

アレクセイはイワンを促して車を降り、レクサスに走り寄る。後部ドアを開けふたりはレクサスに乗り込んだ。

「ひとり、取り逃がした」

「四人いたというのか？」

「そうだ。ドローンをコントロールしているとき、車を飛び出して木立に紛れ込んだ。まあ、放っておいても影響はない」

「三人は死んだのか？」

「麻酔の針を刺しただけだ」

と言ったあと、運転席の男は振り返り、

「スピードを上げるので、シートベルトをしっかり締めてくれ」

と言う。アレクセイはその言葉を上の空で聞いた。

運転席に座るキリコフスキーは紛れもなく、ＩＬが「見ておけ」と言った男だ。驚きと疑問と怒りが同時にアレクセイを襲う。

「どうした？」

イワンが怪訝な顔を向ける。

「いや、なんでもない」

と答えたとき、車はスタートした。一般道路に入ってから後ろを振り向くと、パトカーが空き地内に入っていくのが見えた。

3

アレクセイは運転席のキリコフスキーを見つめる。広い肩幅と金髪。顔の表情は見えない。

車は成田空港へ向かっている。

横に座るイワンを見ると憔悴ぶりが激しい。無言で前方を見る姿が痛々しい。アレクセイはイワンの肩を軽く叩き、右手を差し出した。イワンがアレクセイを見る。瞳の奥を覗き込む。そして頷いた。

イワンはホルダーから拳銃を、ポケットから手榴弾を取り出してアレクセイに渡した。これは空港に着く前に処分しなくてはならない。もちろん、アレクセイが持っているベレッタも。ステアリングを握るキリコフスキーに声をかけた。

「処分したいものがある。どこか適当なところで停めてくれないか」

「預かっておく」

アレクセイは武器を助手席に置いた。

完全防音の車内でアレクセイの耳が拾うのはイワンの息づかいだけだ。

ウィンドの外を流れる景色を眺めながら、アレクセイは口を開いた。

「訊きたいことがふたつある」

しばらく間があったが、キリコフスキーは、

「どんなことでも答えよう」

と言った。金髪がかすかに揺れた。

アレクセイが訊きたいことは、ひとつはイワンの処遇について。もうひとつはキリコフスキーのこと。

ひとつめの質問に、キリコフスキーは、

「一度約束したことを翻すことはない。それがモサドの決め事だ」

と簡潔に答えた。

「心配の種がひとつなくなった。次の質問はあんたのことだ」

「俺の何を知りたい？」

「まず、途中で姿を消した理由を教えてくれないか」

「追跡車がもう一台いた。それを始末していた」

「どこの国だ？」

「国籍に意味はない」

「メジャーか？」

「そのあたりだろう。質問はそれだけか」

「いや、もうひとつ。ガリーナのリサイタルに行った理由を知りたい」

「お前を監視するためだ」

「嘘をつけ。あんたは私の方を振り向くこともなく、演奏を聴いていた。帰りの雑踏の中でもあんたは私に見向きもしなかった」

「お前を監視していたのは、俺だけではない。お前の二列後ろ、Eの7にひとり張り付かせた」

「私を監視する目的は？」

「監視の目的は裏切り阻止と決まっている」

一応の理屈は通っているが、にわかに信じることはできない。

「カムチャッキーでドローンを飛ばしたのは、あんたか？」

「そうだ」

「なぜ助けた？」

「回答が分かっている質問など受け付けない」

「では、回答が分からない質問に変えよう。カムチャッキーで私が軟禁状態にされていた幻の館は、あんたの持ち物だと聞いた。軟禁を画策したのもあんたか？」

「違う。いまお前の横にいるイワンの考案だ」

「では、あんたはあの館に一切関わっていないというのか？」

「そうだ」

「それは嘘だな」アレクセイは言う。「レーニン像の周囲にたむろしている不良少年に聞いた。

あの館の主の名前を。はっきりとキリコフスキーと言った」

ふふっと笑い声が聞こえた。キリコフスキーが初めて笑った。

「不良たちは金が必要だ。お前が渡した五千ルーブルと二千ルーブルの三倍を俺はやつらに渡していた。金をもらった人間は、何でも言うことを聞く。モサド以外はな」

予測していたことがことごとく崩されていく。

こうやって祖国イスラエルへの帰還が現実味を帯びてきたいま、それはキリコフスキーの力あってのことだと知り、悔しさと無力感でアレクセイの気持ちは複雑に色を変える。

それでも、まだ疑問に思うことはある。不良少年はキリコフスキーがイワンを探していると言った点だ。

「イワンの名前を出した理由は何だ?」

「お前にイワンの素性を気づかせるためだ」

「いつから私を監視していたのだ?」

「お前が行方不明になったあとすぐだ」

「指令を受けてイスラエルから飛んできたというのか?」

「そうだ」

「カムチャッキーに詳しいんだな。事前に調べ上げるのは当然だが。それとも以前にカムチャッカで任務についていたことがあるのか?」

「ない」

紋切り型の答えだ。これ以上の質問を拒否するという意思表示にも思えた。

車はゆるいカーブを曲がっていく。前方に成田空港が見えてきた。

「もう一点、訊いていいか？」

「手短に、簡単な質問で勘弁してくれ。もうじきお前は祖国に降り立つのだから、残りはそこで別の人間に訊いてくれ」

アレクセイは、キリコフスキーのモサドとしての実績を知りたかった。でも、それは彼が言う厄介な質問になるだろう。四十をいくつか出た位の年齢とみた。イスラエルで過酷な訓練を受け、いま諜報員として熟達の域に達している。過去を話せと言っても、当たり障《さわ》りのないことを言うだけだ。

「いや、質問はもう終わりにする。また日本に来ることができれば、そのときに質問させてもらう。最後になるが、礼を言わなくてはならない。あんたのおかげで、もうすぐ私の願いはかなえられる」

と言うと、キリコフスキーは、

「仕事だから、礼などいらない」

と素っ気ない言葉を返すのだった。

ほどなく、車は「インターナショナル成田ホテル」のエントランス前に到着した。

4

ガリーナは車を降りたあともすぐには中に入らず周辺に目をやった。

大型ホテルがいくつか見える。それらのいずれかにアレクセイが投宿していることを知っている。

明日、アレクセイは無事にエールフランス機に乗ることができるだろう。祝福すべきことだし、すでに別れを告げたあとなのに、ガリーナの気持ちはいまなお揺れている。

理由は、彩音からのメールにあった。

部屋に入り着替えを済ませたあと、スマホを手に取り、彩音からのメールを再読する。

——ガリーナ、あなたはアレクセイ先生と一緒にいるべきだと思う。いま離ればなれになれば、今度いつ会えるかわからない。余計な口だししてごめんなさい。あなたが後悔するのを私は見たくないので、こうやってお節介メールしています。——

ガリーナの決心を崩そうとする彩音からのメールだ。理屈に合った理由を書いてくれれば納得もするが、それはなく、単なる彩音の思い込みからくる願望としか思えない。

返信はしなかった。ところが、五分後にまたメールが入った。

——私はいま成田周辺で取材しています。——

これも無視しようと思った。成田周辺でなにやら事件が起きていることはニュースで知っていたがガリーナには関係のないこと。

ところが、続いて送られてきた写真にある数字を見てガリーナは気持ちがざわめいた。

141025AF

アレクセイがくれた搭乗予約QRコードが刷られた紙片を取り出した。

どうしてこれを彩音が知っているのだろう。思案しているとさらにメールが来た。

——デスクがLINEで送ってくれたものよ。この数字、分かるでしょう——

ガリーナはすぐに返信した。時を待たずに、着信音が鳴った。ガリーナはタップして耳に当てた。

「ガリーナ、いまどこ？」

「成田のホテルよ」

思わず答えてしまった。

「そんなことより、どうしてアレクセイの出発時刻が分かったの？　あなたの上司はどこからこの数字を知ったの？」

と訊くと、彩音はようやく話し始めた。

「事件はふたつあるの。ひとつは成田山近くの空き地で銃声らしきものが聞こえたと通報があったけれど、パトカーが到着したときは、車の轍が深く残っているだけで死傷者がいるわけでもなかったの。死体がないと警察は捜査を開始しないから、事件とは言えないわね。でも、もうひとつの方は、殺人事件。警視庁と千葉県警による合同捜査本部ができて、捜査を開始したところ。千葉県の事件になぜ警視庁かと言うと、被害者が東京在住の人間だったから。日本人じゃなくて中国人。ただそれも不確かでね。車の所有者が新宿歌舞伎町で飲食店を経営する中国人で、盗難車でないことは判明したし、その所有者が行方不明だということも分かっているの。それが根拠ね」

「事件のことはいいわ。私が知りたいのは……」

「もう少し聞いて」

と彩音は言って続けた。

「当然警察は監視カメラを調べたわ。でも、一般道なのよ。高速みたいにいたるところにあるというわけじゃなくて。でもコンビニやガソリンスタンドなどにも防犯カメラがあるので、警察は映像の提供を求めた結果、犯人は黒っぽいレクサスに乗った男ということだけは分かったらしいけれど、目出し帽なので見当がつかない。車のナンバープレートも映っていなかったの。被害者は顔が映っていたので、それを手がかりに進めているのだけれど、ひとりだけ助手席から逃げた男がいるらしいの。すごい勢いで走りさったので、単なる黒い塊としか認識できなかったらしいわ」

彩音は、そこで言葉を切ったあと、少し間を置いて、

「この数字は、逃げた男の逃走経路で見つかったものなのよ」

ガリーナは、彩音が言いたいことが理解できた。

「つまり、その事件はアレクセイの出国に関係しているというわけね」

「そう。しかもアレクセイ先生の身に危険が迫っているということでもあるわ」

アレクセイが危ない目にあったことは聞いているので不安が募る。願っているイスラエルへの渡航を邪魔されるのはガリーナにとっても不本意なのだ。

「でも、私は何もできないわ」

と言うと、

「なぜ？　あなたしかできないことがあるじゃないの。アレクセイと一緒の飛行機に乗ること」

「私はイスラエルという国が嫌い」

「国と人間とを比較するなんておかしいわ。国は変化していくけれど、人間同士の愛情は不変よ。

とくにあなたとアレクセイの間の愛は」

想像に基づく勝手な言い草だと思ったが、ガリーナの気持ちは彩音の言葉に引き込まれていく。

彩音が追い打ちをかけてくる。

「アレクセイ先生は、あなたなしでは生きられないわ。単に恋愛感情のことを言っているのではないわよ。あなたも知っている通り、彼の研究は地球を救う大仕掛けなもの。研究は山あり谷ありの険しい山登りと同じ。アレクセイ先生は、あなたと一緒に偉大な山を登りたいと願っているの」

ガリーナが言葉をさがしていると、

「あなたがいまいるホテルを教えて」

彩音の強い口調で言った。

ガリーナは投宿先の名前を告げた。

彩音の質問攻めは続く。

「そこを予約するわ。明日はあなたを連れて成田空港に行く。あなたはあの数字にあったエールフランスに乗るのよ。イエスかノーで答えて」

「イエス」

咄嗟に出た承諾の返事は、自分自身を驚かせた。

冷静になろうとすればするほど熱を帯びる。気持ちの整理がつかないうちに電話は切れた。

数秒後、スマホの着信音が鳴った。彩音だと思い、スマホを手に取ると、見知らぬ番号が表示されている。一瞬迷ったが、なぜか受話表示をタップしていた。低い声の男が英語で言う。

「キリコフスキーという者です。あなたのファンです。お声を聞きたいと思い、失礼とは思いましたが電話しました」

ガリーナのこころに暗雲が漂う。見知らぬ人が電話番号を知っているはずがない。名刺には名前だけしか書いていない。そもそも名刺などほとんど使わない。知人の紹介のはずもない。勝手にガリーナの番号を教えるはずがないからだ。

「失礼ですが、この電話番号、どなたから聞きました？」

「彩音さんです」

「あなたは、誰？」

ガリーナは、大声を出していた。相手が黙る。

「ごめんなさい。怒って大声を出したわけではないのです。少し動揺してしまいました」

「いえ、こちらこそ、突然電話をして、どうも失礼しました。お話しできて光栄です」

電話を切りそうな気配が伝わってきた。

「待って！」

とガリーナが言うと、男は、

「スパシビ・ジャークユ」

と言い残して電話を切った。

ガリーナはスマホを見つめたまま部屋中を歩き回る。不思議な感覚が身体全体を稲妻のように駆け抜けた。ある記憶が、ガリーナのこころに火を点した。

母が祖母と電話で話しているとき、よく聞いた言葉だ。

「ありがとう」という意味だと母は教えてくれた。

ウクライナ語だ。


いつの間にか眠りに落ちていた。カーテンを閉めていなかったので、まばゆい光で目が覚めた。時計を見ると七時五分。スマホに着信履歴はない。ガリーナはすぐに彩音に電話を入れた。おはよう、と言う彩音の声は明るい。ほっとする。

「彩音さん、いまどこ？」

「あなたの部屋の隣にいるわ。きょうの午前三時に戻ってきて、少し眠ったの」

「取材はうまくいったの？」

「雲の中を歩いているような気分のままだわ」

どう反応していいのか迷っていると、

「いまからそちらに行っていい？」

と彩音が言った。

一分もしないうちにドアホンが鳴った。彩音を部屋に通し、ソファに座らせた。コーヒーが飲みたいというので備え付けのコーヒーメーカーで淹れた。

彩音の顔色はいい。わずかの睡眠時間なのに精気が漲《みなぎ》っている。取材の結果は雲の中という表現をしたが、確かな手応えを掴んだのではないかとガリーナは思う。

「ずっと目撃者を探して歩き回ったのよ。疲れたわ」

「で、どうだったの？」

「収穫なしよ」

ガリーナには言えないことを掴んだのだと思った。収穫なしの顔つきではない。しかし、彼女の仕事の中身に立ち入る権限はガリーナにはない。

コーヒーカップを手渡すと、彩音はカップを両手で握り、美味しそうに飲み始めた。

「疲れがとれるわ。ありがとう。世界的なギタリストが淹れてくれたコーヒーは最高よ」

彩音が笑顔を見せる。

「そろそろ準備しなくちゃ」

彩音はコーヒーカップをテーブルに置き、立ち上がった。

「ちょっと待って」

と言うと、彩音はガリーナの口調に驚いたのか、緊張した面持ちでこちらを向いた。

「昨夜、変な電話があったの。あなたが私の電話番号を教えたと言っていたけれど、本当なの？」

彩音の表情が和らいだ。

「本当よ」

「あの人、何者なの？」

彩音はガリーナの問いに即答した。

「私の恋人よ」

ガリーナが呆気にとられていると、彩音はそれまでの笑みを消し、

「昨夜決断してくれたこと、撤回しないでね」

と、いつになく厳しい表情で言った。

5

アレクセイはベッドの上で覚醒した頭を鎮めようとするのだが、ますます目が冴えてくる。明日のことを考えると眠れない。

十五歳のときもそうだった。モスクワに旅立つ日の前日のことだ。モスクワ大学に飛び級での入学許可の知らせを受けたときはぐっすり眠れたのに、いざモスクワに行けるという輝かしい日の前日、頭が冴えて眠れない。嬉しさで興奮しているのだと思ったのだが、そうではなかった。涙が溢れていることに気づき、戸惑った。

輝かしい未来への喜びとは裏腹に、友との別れの辛さがアレクセイの胸を震わせていた。イワンとガリーナ。ふたりに会えなくなると思うとこころに大きな穴が空いた。

今回も、不眠の理由は同じ。人との別れだ。

ガリーナが去って行った。

腹をくくったものの、人間の感情は意思とは違う方向に動くことがある。これまでふたりで築き上げた関係が無になるのは辛い。

アレクセイは居ても立ってもいられなくなり、イワンに内線電話をかけた。

イワンはすぐに来てくれた。

赤ワインのボトルの栓を抜く。ワイングラスが赤く染まっていくのをイワンはじっと見つめている。

「俺も眠れないんだ」

「なぜ？」

と訊き、グラスを渡す。

「理由はいろいろあるが、はっきりこれというものはない」

「そんな曖昧な思考で、よくいままで生きてこられたものだな」

「それとこれとは別だ。諜報活動については自信があった。しかし、いまの俺は牙を抜かれた諜報員だ。逃げ惑ううさぎだ」

「あちらに行けば、お前は蘇る」

言ったものの、自分でも首を傾げたくなる嘘だった。

イワンがイスラエルでモサドに採用されることは百パーセントない。二重スパイの経歴を持つ人間をモサドは決して信用しない。となると、軟禁同様の扱いになる。イワンはそれを知っている。

「心配するな。幸運だと思え」

「それは分かっている。お前がいてくれなかったら、すでに惨殺されていただろう。別に命が惜しいわけではない。いままでやってきたことの報いを受けるだけだから」

「やりがいのある仕事がきっと見つかる。お前の能力を当局は必ず見つける」

イワンは顔を上げアレクセイの目を見つめたあと、グラスワインに口をつけた。イワンはグラスをテーブルに置いた。

「眠れそうだ」

イワンはそう言って部屋を出て行った。


翌朝六時に目が覚めた。

ホテルのラウンジで朝食をとっているとき、ＩＬから電話が入った。

「護衛五人はすでに待機している。何か問題はないか？」

右側のひとつテーブルを挟んだところに男がひとり食事をしている。記憶を辿って男の正体を思い出した。

「問題はない。優秀な人間を配置してくれたことに感謝する。そちらに無事に到着できることを確信できた。いい仕事をしたい。期待してもらっていい」

「再会を楽しみにしている」

ＩＬはアレクセイの発言に満足したのか、声のトーンがやや上がっていた。

部屋に戻り、出発の準備にとりかかった。

不要なものは捨てた。キャリーバッグにはノートパソコン、洗面用具等の日用品、下着類、衣類、額縁に入れた両親の写真。

手帳からガリーナの写真を抜き出してベッドの上に置いた。アレクセイはベッドの端に腰を落とす。写真は三枚ある。十歳、二十歳、そしてつい最近のガリーナだ。愛くるしい少女時代から女に変貌し、いまは知性とこころの豊かさが顔にあらわれている。

コーヒーメーカーで濃いコーヒーを淹れた。

窓から差し込む陽の光が、ベッドに置かれたガリーナの写真の上を這う。

コーヒーを飲み終えたアレクセイは、三枚の写真をゴミ箱に捨てた。

6

ガリーナは彩音のあとをついて行く。足下の硬いコンクリートを感じながら薄暗い駐車場を早足で歩く。チェックアウトまでかなり時間があるためか、駐車場は車で満たされている。車のアイドリング音と、ときおりタイヤがきしむ音が場内に響き渡る。

「アレクセイ先生の喜ぶ顔を早く見たいわ」

と、彩音が言う。

ガリーナは、その言葉を複雑な思いで聞いた。

確かにアレクセイは驚き喜ぶだろう。あるいは、半信半疑のまま呆然と立ち尽くすだけかもしれない。そのとき、ガリーナはアレクセイの胸の内を推し量ることができないかもしれない。私が前言を翻すことのないことをアレクセイは知っている。それなのに、イスラエルへ行くのだと告げられることで、不審に思うはずだ。

「しかし、それも一瞬のことだわ」

と小さな声でつぶやくと、彩音が立ち止まって振り向き、

「何か言った？」

と訊く。

ガリーナが首を横に振ると、彩音はすぐに前を向き再び歩き始める。ガリーナは昨日彩音が言った言葉を思い出す。「アレクセイ先生は、あなたと一緒に偉大な山を登りたいと願っているの」。

地球を救う大きな仕掛け、とも彩音は言った。

ガリーナの気持ちが軽くなる。

力強く歩き始めたとき、向こうから声が聞こえてきた。

大声で「こっちだ」と叫び、両手を振っているのは池島だった。

運転席に彩音、助手席に池島、ガリーナは後部座席に座った。エンジン音が聞こえ始める。車は駐車場を出て一般道に入る。

「彩音くんから連絡を受けてね。どうしても見送りしたいと思ってやってきたんだよ。今度いつ会えるか分からないからね」

「ありがとうございます」

池島はガリーナがアレクセイと行動を共にすることを知っていた。彩音から昨日聞いたという。ガリーナがまだ迷っているときに、彩音はすでに説得できたと自信を持っていたことになる。確かにガリーナの迷いを消してくれたのは彩音だ。

浮き浮きした気分の中で、気になっていることを口にした。

「太田さんはどうしました?」

「連絡ないよ。電話もメールも返事がない」

池島が言うと、運転席の彩音が、

「なす術がないのよ。警察には届けたけれど、真剣に捜してくれそうにないわ」

太田の話題はそこで途切れた。

「さあ、もうすぐ到着だ！」

と、池島は沈んだ空気を吹き飛ばすように言う。

「ねえ、アレクセイ先生との劇的な対面はどこにしようか」

と、彩音が茶目っ気たっぷりに言う。

「どのゲートから中に入るか分からないから、私、電話してみるわ。先生には、見送りに行くと伝えているのだし」

「そうだな。電話で居場所を確認して、そこにガリーナを連れて行こう」

池島の笑顔に釣られて、ガリーナの気持ちが和らぐ。

駐車場に車を停め、空港ロビーに向かう。目の前から車がやって来たので歩道の端に移動した。そのとき車の運転手と目が合った。日本人とは違う東洋系の女性。どこかで会ったことがある。

記憶を辿ると、すぐに思い出した。

ワシントン・ポストの記者と名乗ってガリーナにインタビューし、ニコライのことを尋ねた女。アレクセイがモスクワで見かけた女に似ていると言っていた。

いやな予感がする。

ロビーに入り、彩音はインフォメーションの前に置かれた椅子に座った。スマホを耳に当てて話している。こちらを見ながら、笑顔を見せている。アレクセイと連絡がついたのだろう。

彩音がスマホを持ったまま手招きをしたので、ガリーナは歩き始めた。

そのとき、悲鳴がガリーナの耳に入ってきた。悲鳴はざわめきに変わり、振り向くと、エスカレーター付近に人だかりがしている。

人の輪の隙間から男が倒れているのが見えた。ちらりと見えた横顔から、太田ではないかとガリーナは思った。

駆け寄ろうとすると彩音がガリーナの腕を握って止めた。彩音の表情が硬い。腕をつかんだまま〈チェックインカウンターA〉と表示されている方向に連れて行こうとする。

ガリーナは後ろを振り返る余裕も消え、引きずられるように真っ直ぐ進む。

エスカレーターとは逆方向だ。どうしたの？　と訊いても彩音は何も答えない。池島の姿が消えている。

彩音の異常な行動にさすがに腹が立ち、ガリーナは彩音の腕を振り払った。

「太田さんみたいだったわ。あなた心配じゃないの？」

と詰問するのだが、彩音は口元を真一文字に結んだままだ。北ウィングのエスカレーターに向かっている。

「あなたは五階に上がってちょうだい。そこにアレクセイがいるわ。劇的な演出はできなくなったけれど、急いで彼に会って一緒に行くことを伝えないと」

彩音の性急さが気になる。

「何か変よ、あなた」

「事情はあとで説明するわ。あ、ちょっと待って」

彩音はエスカレーターの前で立ち止まった。

「紹介したい人がいるの」

右側から背の高い男が歩いてくる。彩音はその男を見ている。男がガリーナの前で止まった。

「紹介するわ」

彩音が言う。

「こちら、キリコフスキーさん。あなたの味方よ。安心してね」

ガリーナは言葉を失う。

キリコフスキーは、ブルーのきれいな瞳でガリーナをじっと見る。

7

いよいよ日本を離れるときがやってきた。感慨が色を変化させながらアレクセイの胸に迫る。

期待と不安、歓喜と寂寥《せきりょう》が交互にやってくるのを、これが現実だと思い直してエレベーターに乗った。エントランスにはすでに車が横付けされている。

後部座席に乗り込んだ。すでに車のリアシートに座っているイワンと目を合わせる。かすかな緊張をイワンの顔に感じ取った。運転席のキリコフスキーは無言のままだ。

車は一般道を走り、ほどなく成田空港第一ターミナルに着いた。ドアを開いて外に出た。キリコフスキーは駐車場に車を停めにいく。

搭乗手続きを済ませ、キリコフスキーとの合流場所である四階のカフェに向かう。イワンは頬を何度か指で掻く。緊張したときの癖はいまも変わっていない。

エレベーターには日本人乗客の他に、外国人がふたり。カフェに入り、コーヒーを飲み始めると、そのうちのひとりが壁を背にした席に座った。もうひとりは入り口が見えるところに立っている。見覚えのある顔だ。モサドが派遣してくれた護衛だ。

搭乗客がもつキャリーバックが転がる音に混じって飛行機の到着を知らせるアナウンスがひっきりなしに聞こえてくる。

スマホの着信音が鳴る。彩音の名前が表示されている。スマホを耳に当てた。

「間に合ってよかった。いまどこにいらっしゃいますか?」

アレクセイはカフェの名前を告げた。

「池島先生も一緒です。それから……あなたへの感謝を込めてプレゼントを用意しました」

と彩音が言う。

「それはとても嬉しいです。カムチャッカではあなた方の研究に役立つことができなかったので内心悔やんでいました。お見送りに来てくださるとは夢にも思っていませんでした。ぜひお会いしたいです」

アレクセイが言うと、彩音は「はい」と返事をした。電話を切りポケットにしまおうとしたとき、再び着信音が鳴った。今度はキリコフスキーからだ。

「そこを動かないようにしてくれ」

電話はすぐに切れた。

入り口付近に立っていた男が足早にエスカレーターに向かうのが見えた。カフェ内にいる男はスマホを耳に当てている。

アレクセイは、ただならぬ気配を感じとった。イワンに目配せすると、軽く頷き、中腰になる。

アレクセイはイワンを制し、椅子に座らせた。

「キリコフスキーは、ここを動くなと言った」

そのとき、数人の客が立ち上がるのが見えた。五人ほどだ。日本人にしては、顔つきがやや違う。とっさに壁際に座る護衛の男に目をやると、テーブルにうつ伏せになっている。

毒でも盛られたか！

迂闊だった。

五人が近づいてきた。アレクセイとイワンに向かって、

「ついてきてくれ」

と言う。なまりのある英語だ。アレクセイは椅子を引いた。

エスカレーターの方に連れて行かれる。五階は展望台だ。人混みの中で乱暴なことはできないと高をくくる反面、またしても注射針を突き刺されるのかと思うと恐怖より憂鬱さが募る。針から注入されるものが死に至る毒でないことを祈る。

背中を押されてエスカレーターに足を乗せた。チャンスはいずれやってくると自分に言い聞かせる。エスカレーターが身体を運び始める。自然と顔が上を向く。

視線の先に、キリコフスキーが仁王立ちしている。

どういうことなのだ？

キリコフスキーの裏切りか？

後ろの男が背中を押した。触るなと言うと男は無言のまま今度はアレクセイの身体に密着した。その重さを受けて前のめりになる。どうにか態勢を整えたとき、後ろの男はアレクセイの身体から離れて横倒しとなり、エスカレーターを転がり落ちていく。女性の悲鳴が聞こえる。一瞬何が起こったのか分からなかった。

前にいたふたりが突然頽れ、ひとりはエスカレーターの側面に頭をぶつけ、もうひとりは鉄製のステップに仰向けになってエスカレーターの流れに身を任せたままだ。下方で喧噪が大きくな

る。

毒物か？

誰が？

アレクセイの目の端ににやりと笑う男の姿が映った。

カフェのカウンター内にいる男だ。

目が合った。男が頷く。目がナイフのように鋭い。

いま目の前で起きていることの事情が、おぼろげながらつかめてきた。

カウンター内の男が仕掛けたのだろう。毒入りコーヒーか？

突然現れた異常事態の波にさらわれたが、どうにか敵と味方の判別がつき始めた。

エレベーターは上がり続け、カフェ自体が見えなくなった。

エスカレーターを降りたとき、五メートル離れたところにキリコフスキーが立っていた。

近づくと、キリコフスキーは険しい表情で言った。

「急がないといけない。プライベート・ジェットはいつでも飛べるが、やつらが息を吹き返すまでそう時間はない」

「エールフランスではないのか？」

「お前を追っているのは、倒れている五人と太田だけではない」

「太田？」

「そうだ。中国国家安全部の工作員」

アレクセイは唸った。

「池島先生と彩音さんは?」

「無事だ」

「他に私を追っているのはどこの所属だ?」

「ヤングオイルが商業化したら一番困る勢力だ。数が多すぎて具体的に言うのは時間がかかりすぎる」

「プライベート・ジェットはどこから?」

「Premier Gate。車ですぐだ」

アレクセイは頷き、エレベーターの方に走ろうとしたが、キリコフスキーに腕をつかまれた。

「会わせたい人間がいる」

「誰だ?」

「俺の妹だ」

キリコフスキーは呆然と立ち尽くすアレクセイを無視して早足で歩き始めた。

アレクセイはあとを追う。

展望デッキに近づく。

外は雨が降っている。誰もいない。と思ったが、傘をさした女性が立っているのが見えた。

キリコフスキーはデッキのドアを開いて外に出た。アレクセイも続く。肩に雨が降りかかる。

霧雨の中から女の顔が浮かび上がった。

アレクセイは立ち止まった。

女性が傘を投げ捨ててアレクセイのところに走りよってきた。

ガリーナだ。

ガリーナは笑みを浮かべることもなく、アレクセイの前に立ち、言った。

「私もジェットに乗ることにしたわ」

（親パレスチナ思想は捨てたのか？）

と言おうとしたが、言葉が出ない。呆然と立ち尽くすアレクセイに向かって、ガリーナが言った。

「あなたの夢のお手伝いをしたい。おこがましいけれど、あなたは私なしでは生きられないわ。

彩音さんの言葉で私はそのことにようやく気づいたの」

そう言ったあと、ガリーナはイワンに視線を向けた。近づき、イワンの身体を抱きしめた。

「イワン、再会できてとても嬉しいわ。あなたにもらったギター、いまでも大事にしているのよ。

私のギタリストとしての原点だから」

イワンは表情を変えることなく、ガリーナの頬に右手で触れた。そのとき、

「急げ！」

キリコフスキーの強い口調がアレクセイを現実に引き戻した。

四人は走り始めた。展望デッキを出てエレベーターに乗る。一階で降りたとき、前方に人の群れが見えた。白衣を着た男数人が倒れた男を担架に乗せるところだ。人の群れが割れ、その隙間から男を乗せた担架が運ばれていく。担架に横たわっているのは紛れもなく太田だった。横には池島と彩音の姿がある。

アレクセイが近づこうとすると、キリコフスキーが腕を掴んだ。

「魂を売ったスパイを心配する必要はない。死んではいない。六時間もすれば息を吹き返す。ただ、頸椎損傷で身体は不自由となる。スパイ業は店じまいだ」

目の前を担架が通り過ぎる。担架に寄り添っていた池島がアレクセイに気づき、近づいてきた。

「せっかくの見送りが台無しになって申し訳ない。私は太田くんと一緒に救急車に乗る。太田くん、身体頑健なのに、心臓に持病でもあったのかな。少しは意識があるようだが、心配なのは利き腕の左が動かないようなんだ」

「左手に傷でも?」

「いや、何か飲みたいものはないか、と訊いたらかすかに頷いたのでペットボトルを手渡そうとしたんだ。右手を出そうとしたので、そう思っただけだが。もっとも救急隊員にペットボトルは取り上げられて、大目玉食らったんだがね」

「困ったことになりましたね」

「そうなんだよ。その利き腕が使えなくなって研究に支障が出なければいいのだが」

「彼は頑張り屋だから、きっと大丈夫ですよ」

「そうありたいね。まあ、とにかく、きみのこれからの研究が進むように祈っているから」

「先生もお元気で！　ヤングオイルの実用化が成功することを祈っています」

池島は軽く手を上げて、その場を離れた。

池島は今後も太田の素性を知らないまま過ごすことになるのだろう。

太田は今後障害を背負って、どのような生き方をしていくのか。あるいはいずれかの国に口封じのために葬られるのだろうか。


サイレンを鳴らしながら遠ざかっていく救急車を見送ったあと、キリコフスキーを先頭にして駐車場に向かう。

さっきから気になっていることがある。

アレクセイの左側を並んで歩くイワンに言った。

「コカインはやめたのか？」

イワンが驚いた顔でアレクセイを見る。

「気にするな。そのくらい気がつかない私じゃない。もうやめたんだな。そう思っている」

と言い、アレクセイは箱からシガローネを抜いてイワンの右手に手渡そうとした。

「どうして、俺の好みの銘柄まで知っているのだ」

と、イワンは言ったあと、左手を伸ばして煙草を受け取り、口にくわえた。

イワンは左利きだ。

太田も左利きだと池島は言った。カムチャッカで太田はドローンのコントローラーを左手で操っていた。

それなのに右手でペットボトルを取ろうとした。

なぜだ？

アレクセイは紙爆弾のことを思い出した。太田は右手を負傷したとＩＬは言った。封筒は通常は利き手で開く。なぜ右手を負傷したのか？

アレクセイは前を歩くキリコフスキーに声をかけた。

「気になることがある。救急車で運ばれた太田はダミーかもしれない」

そう考えた根拠を話すと、キリコフスキーはふだんにも増して厳しい表情を見せた。

キリコフスキーの視線はアレクセイの背後に移動し、同時に表情をさらに険しくした。

「お前が言うとおり、俺はミスをしたのかもしれない」

と言ったあと、キリコフスキーは大声で三人に向かって叫んだ。

「地面に伏せろ。ライフルだ」

と言うのと、ヒュンと風を切る音が四人の頭上を飛んでいくのが同時だった。

百メートルほど離れたところに、季節外れの黒の上下で身を包んだ男がライフルを構えて立っている。

紛れもなく太田だった。

太田は冷徹な目でこちらを見つめ、ライフルを構える。

こちらで銃を持っているのは、キリコフスキーだけだ。そのキリコフスキーが拳銃を取り出し、

「援護射撃するから、お前たちは車まで走れ。セルシオだ」

アレクセイはガリーナを支えながら、腰を低くして車に向かおうとする。キリコフスキーの拳銃が火を噴き、太田の右の耳をそぎ落とした。太田はひるむことなく、にやりと笑っただけだ。

そのとき奇妙なことが起こった。

イワンが仁王立ちしたのだ。

「イワン！」

と叫んだが反応がない。

気が狂ったか。

アレクセイがイワンに駆け寄ろうとしたとき、再び太田の手から見えない銃弾が飛び出し、イワンの右肘に命中した。太田の手にあるのは、先ほどまで構えていたライフルではなく、殺傷力で劣るポケットオートだ。

「イワン、伏せろ」

と叫んだとき、太田が再び引き金を引いた。二発の乾いた銃声。一発はイワンの右足、一発は左足に命中した。さらに別の方向から飛んできた銃弾がイワンの腹に命中した。

イワンが頽れる。

アレクセイは素早くイワンに近づく。

イワンは苦痛の表情を隠すことなく、それでもマグナムを取り出し瞬時に引き金を引いた。

轟音が空気を震わせた。

ところが太田は立ち尽くしたままだ。

アレクセイは前方を見渡した。

太田の左後方に停まっている車の陰から女がゆっくりと姿を現し、その場に倒れ込んだ。眉間に黒い穴が開き、血がしたたり落ちる。

その女に見覚えがある。ニコライを追っていた女。そしてワシントン・ポストの記者を装いガリーナにインタビューした女だ。

倒れたままのイワンがかすれた声で言う。

「黒竜江省生まれの陳秀麗というスパイだ。ラングレーで資料整理等の事務職を装っている。完璧な仮の姿《カバー》を演じることができる凄腕だ。動き方、話し方はアメリカ西海岸のネイティブ、ロシアにいるときはロシア語で。五年前にはモスクワでニコライを監視していた。日本での滞在先は太田の実家。太田の姉を演じている」

アレクセイは呆気にとられてイワンと女を交互に見る。

イワンは、何事もなかったかのような表情のままマグナムをアレクセイに手渡す。イワンの意図が分からないまま数秒マグナムを見つめる。気づいたとき、イワンは左手に小さな拳銃を握っていた。

見たことのない拳銃だ。拳銃を持っていないはずのイワンがふたつの拳銃を隠し持っていたことにアレクセイは驚く。プライベート・ジェットであっても銃など持ち込めるはずがない。すべて処分してきたはずだ。なぜだ！

理由を考える余裕はないはずだった。イワンの行動を止めるべきだった。アレクセイは慌ててイワンが引き金を引くのを止めようとした。

しかし、遅かった。

イワンの拳銃が太田に向かって火を噴いた。

銃弾の弾道が見えた気がした。真っ直ぐに飛び出した銃弾は太田の胸にめり込んだ。

もうもうたる煙が空に舞い上がった。硝煙ではなく煙だ。

そして空から大量の灰が降り落ちた。

その場所にいたはずの太田は消えていた。

ぱらぱらと降り注ぐ灰に混じって黒焦げになった骨らしきものが落ち、コンクリートに当たってコツンコツンと音を立てた。

イワンは最後の仕事を終えたかのようにゆっくりと横たわり、安堵の表情を浮かべたが、すぐに苦痛で顔を歪めた。

ガリーナがイワンに走り寄る。

「イワン、イワン。何か言って！」

ガリーナの涙声が空気を切り裂く。

イワンの腹部から血が流れ出している。

キリコフスキーがイワンの胸に耳を当て、瞳孔を見、脈を取る。

「無理だ。生き残れる可能性は一パーセント未満」とつぶやく。

ガリーナが泣き叫ぶ。

アレクセイは大声でイワンの名前を呼ぶ。

かすかにイワンの身体が動く。薄く目を開ける。

「楽にしてくれないか。この銃で俺を撃ってくれ」

何を言っているのだ！　アレクセイは腹立ちまぎれに、

「馬鹿なことを言うな」

と叫ぶ。イワンは力なく首を振る。

「最初で最後の願いだ。楽にしてくれ」

弱々しい声に、アレクセイは苛立ちと哀しみが胸中で暴れ回る。

横からキリコフスキーが、

「言う通りにしてやれ。アレクセイの手でイワンを楽にしてやることが一番いい。万が一生き残ったとしても、一生中国に狙われる。地獄の苦しみを味わうことになる……」

キリコフスキーが言い終わらないうちに、イワンに寄り添っているガリーナが立ち上がってキリコフスキーに襲いかかった。ガリーナの目は怒りに燃えている。

「兄さん、ひどいことを言うのね！　今ごろになって私たちの前に現れたかと思うと、勝手なことを言う。私たち三人は兄さんが考えているような安易な関係ではないの。これ以上私たちの邪魔をするなら許さないわ！」

ガリーナの声は厳しい。キリコフスキーがあとずさる。

「もう、あなたとは兄妹の関係ではないわ。一生恨み続ける。父さんと母さんは私の味方をしてくれるわ。ひどい兄さんをもってすまなかったねと謝ってくれるわ。兄さん、その意味が分かる？　それほど、兄さんは人間のこころを失ってしまっているということよ。イスラエルで育つとそうなるの？　同じモサドでも、アレクセイは違うわ。人間のこころをもっている」

キリコフスキーはガリーナの顔をじっと見つめたあと、

「イワンが生き残る可能性は一パーセント未満だ」

と言った。

涙に濡れたガリーナの目がナイフの切っ先になり、

「一パーセントはゼロではないわ。わずかな可能性に賭ける勇気を失った実の兄に私はいま失望している」

と言い、キリコフスキーの胸を拳で何度も叩く。

キリコフスキーはガリーナの攻撃から離れ、イワンに歩み寄った。

「イワンをどうするつもりなの？」

ガリーナがキリコフスキーに詰め寄る。

キリコフスキーは黙ったまま、イワンの身体を両手で抱えあげた。

「あの女医のところか？」

アレクセイが訊くと、キリコフスキーは問いに答えることなく、

「急げ！」

と言い、駐車場に向かって走り始めた。

異常事態に気づいた人たちが集まってくる。もうすぐ、この場所は人の群れで身動きとれなくなる。当然、警察に連絡はいっているはずだ。

「一パーセントはゼロではない……」

キリコフスキーが小さな声でつぶやくのをアレクセイは聞いた。

遠くからパトカーのサイレンの音が風に乗ってやってくる。

四人を乗せたセルシオは急発進し、高速道路に乗って猛スピードで走り続ける。

エピローグ

満天の星は、一瞬にして人のこころを浄化する。

星が頭上に降ってくる。流星が光の軌跡を残して走り去る。夜の空が巨大なスクリーンとなり、色彩豊かな物語を紡ぐ。動物が踊りだし、神話の朗読が始まり、崇高な哲学が飛び出す。

七月のカムチャッキー。

夏だというのに底冷えのする午前三時の海岸で、三人は時が経つのを忘れたかのように空を見つめている。耳は潮騒のみを拾い、目は流星を掴む。

無言の時間がどれだけ続いたのだろうか。言葉が空気に触れたとたんに嘘に変化するのを恐れているかのように、誰も何も語らない。

沈黙を破ったのはガリーナだった。

「私たち、戻ってきたのね。すべてを投げ捨てた甲斐があったわ。こんな夜空を再び見ることができるのだから」

アレクセイは頷き、イワンは無言のまま空を見る。

「子供の頃お菓子を買った店も残っているし、ヒグマものっそりと歩いている。ニシン、タラ、サケ、イカ、マス、カニ、コンブも尽きることがないほど獲れるのよ。それに私たちが遊んだ野原、一緒に通った学校。火を噴く火山、なんら昔と変わっていないわ」

ガリーナは過去に出会うためにここにやってきたようだ。アレクセイは未来を見つめるためにやってきた。では、黙って空を見上げ続けるイワンは何のために？

アレクセイたちの誘いにただ乗っただけのはずはない。過酷な過去と決別するためにカムチャッカの地に立たせたいと願ったアレクセイたちの願いは通じているのだろうか。

イワンが受けた銃弾による損傷は深かった。両足とも骨膜剥離を伴う軟部組織の損傷が激しく、汚染も広範囲に広がっていた。放置すればいずれは壊死となる。女医は切断を強く要請した。イワンはその要請を拒絶したが、アレクセイの説得に負けた。

両足と右腕をなくしたイワンが放つ恨みの弾はアレクセイの心臓に深く入った。

「俺のこの身体を見ろ」

車椅子から呪詛の言葉を何度もアレクセイに浴びせた。ガリーナはイワンの苦痛の叫びを聞くたびに泣いた。

義足と義手が装着されてからは、口は怒りを語ることを止め、目が饒舌になった。真っ暗な空洞と化したイワンのぞっとする両目はけっしてアレクセイを見ることなく、無言の呪いをささやき続けたのだった。

ところが、カムチャッキーの空港に降り立ったとき、イワンの目に小さな灯りが点った。何よりも嬉しかったのは、アレクセイの目をしっかりと見つめてくれたことだ。イワンのこころに変化が起きたことは確かだだが、いまなお笑顔はない。

ガリーナが星空を見つめたまま、

「私たち、すべてを投げ捨てたのよ」

とつぶやく。アレクセイはそれに応える。

「捨てたものをこれから拾っていく」

イワンがアレクセイの横に座った。月の光がイワンの顔を照らす。何か言いたげな口元だ。月の光が揺れてイワンの表情が見えなくなった。そのタイミングを測ったかのようにイワンは口を開き、太田のことを話し始めた。

「太田は俺を殺すのが目的だった。だから、彼の思い通りにさせようと思ったんだ。いずれ俺は殺される身だ。どうせなら太田に殺された方がいい。ところが、どうだ！　彼が撃った弾丸は俺の眉間を射貫かなかった。彼の射撃の腕前ではありえないことだ。その時点で中国国家安全部を裏切ったことになる。拷問と死が彼を待っている。……だから、俺は彼を射殺した。レーザー銃は痛みを伴わないから。

太田にそこまで肩入れした理由は、太田が俺の恩人だったからだ。中国にいた兄・ユルトに会わせてくれたのが太田だった。中国に俺にそっくりの男がいると言って誘ったのだ。死んだと聞かされていた兄・ユルトと抱き合って涙を流したのがつい最近のようだ。俺が太田に恩義を抱いたのはそういうことだ。太田の意図が俺を中国のエージェントにすることだったとしても、太田が誘ってくれなかったら、ユルトと会うことはできなかった」

アレクセイの脳裏にあのときの緊迫した場面が浮かんだ。太田はイワンの右腕と両足を正確に射貫いた。利き腕の左腕を撃たずに右腕を。しかもライフルを捨てて殺傷力で劣るポケットオートを使って。

イワンが語った過去の話は、不思議なことにアレクセイの意識を現実に引き寄せてしまった。アレクセイには不安の種が数多くある。

イスラエルにいる両親とニコライの顔が浮かぶ。アレクセイのこころの動きを見透かしたかのようにイワンが訊く。

「ご両親は元気なのか？」

両親とニコライの安全は脅《おびや》かされてはいない。三人とも身の危険を感じることなく生活している。これは思い込みではなく、根拠のある確信なのだ。

「全く心配していない」

「ヤングオイルは？」

イワンが言いたいことは、どこかの国がアレクセイのノウハウを盗んで実用化しているのではないかという懸念だ。それについてもアレクセイは自信がある。

「大丈夫だ」

とはっきりと言葉に出すと、イワンは無表情のまま頷き、

「お前が断言するのだから、その通りなのだろう」

とつぶやいた。

衛星携帯が通信不能となって久しい。国際情勢の変化にともなって、ＩＬのヤングオイルへの関心度は薄れていったのだろう。

ただ、ヤングオイルのことがアレクセイの頭から離れることはない。

ところが、一週間前にここカムチャッカに来てからは、その重要なことが頭から消えることがあった。無垢の自然が、国家同士のヤングオイル争奪という忌まわしい過去を一時的に洗い流してくれたのだ。

実用化されたというニュースは流れていない。当然のことだ。アレクセイが鍵を握っているからら。重要な鍵がすべて厳重に管理されたところに隠されているとは限らない。

「そろそろホテルに戻りましょう。対談は午前十時からだったわね。その前に少し睡眠とらなくちゃ。それに、明日は日本に戻る日だし、ラストの一日をこの地で堪能するのよ」

ガリーナの言葉を受けて、三人は立ち上がり歩き始めた。

ふと思いつき、アレクセイはホテルに向かうルートを変えた。ふたりは一瞬アレクセイの顔を見たが、黙ってついてくる。

アレクセイは歩みを止め、目の前を見つめる。軟禁されていた場所に建物はなく、整地もされずに空き地のままだった。

レーニン像も以前と変わらない姿だ。あのときの売人はどうしているのだろうか。快楽だけを追い続ける軽薄な若者。説教じみたことをぶつけてみたが無駄だった。人間の尊厳など彼らの意識の中には欠片もないのかもしれない。すぐに踵を返してホテルに向かって歩き始めた。

東の空に太陽が顔を出した。

斜めから放射される太陽の光が町の輪郭を浮かび上がらせる。

光が満ちるとともに町が動き出した。人々が道を往来し、車の走行音が大きくなっていく。新たな一日が始まる。

カムチャッキーの夜明けは、苦い過去を洗い流してくれる。

午前十時ちょうどに部屋のチャイムが鳴った。カムチャッカを本拠とする環境保護団体との対談の時間だ。

部屋に入ってきたのは男性ふたりと女性ひとりだ。三人とも若い。

その中に見覚えのある男がいた。

「どこかでお会いしましたか」

と訊くと、男ははにかんだ。唇がシニカルに歪んだのを見て、アレクセイの記憶が蘇った。

「あの時の……」

「はい。レーニン像の前でお会いしました。その節は大変失礼をいたしました。お許しいただけないでしょうか。先生のことをネット配信記事で知りました。私は先生の話に感銘を受け、それまでの自堕落な生活を絶ち、大学に入り環境について学びました。昔とは違う姿を先生に見てもらい、謝罪とお礼を言いたくてこの場を設定してもらいました」

レーニン像の前でドラッグを売っていた不良少年の変貌ぶりに驚く。

アレクセイは男に近づいて抱きしめた。

「礼を言うのは私の方だ。自分がいかに偏見に満ち人間であるかを、いまあなたが教えてくれた」

桐生彩音が書いてくれた記事の文面が頭に浮かぶ。

――地球消滅危機を阻止できる夢のオイル。これを発見し、研究を重ねているチームの主要メンバーであるアレクセイ。この研究プロジェクトは、〈燃えるラグーン〉という呼称がつけられている。アレクセイの本来の学術領域は太陽観測の衛星技術。彼はその専門技術を使って地球上の〈燃えるラグーン〉を観測していたときに、ヤングオイル実用化のヒントを得たという――

元不良少年との再会は、苦い過去のひとつを洗い流してくれた。

対談が終わり、環境保護団体の三人は名残惜しそうに帰っていった。元不良少年との邂逅《かいこう》の余韻に浸《ひた》っているとき、ドアがノックされた。

イワンが顔を出した。

「聞いてもらいたいことがある」

と言い、アレクセイの前に座る。

イワンの強い眼差しに、重要な話であることをアレクセイは察知した。いくつか想定してみたが、それらはすべて外れた。イワンの話はアレクセイを心底驚かせた。彼の申し出は唐突ではあったが、それはアレクセイがそう受け取っただけのことで、イワンにとっては唐突でなく、逆に長い間考え抜いた上での決断なのだ。

それが分かっていても戸惑ってしまい言葉が出てこない。無言のままイワンを見つめているとき、隣室からギターの音色が聞こえてきた。

緊張した空気が瞬間緩み、ふたりは音色に耳を傾ける。

ガリーナの演奏を聴くのはいつも隣室からだ。リサイタルで聴衆に混じって聴いたのは再会したときのモスクワでのリサイタルと、もうひとつは事件の渦中にいたときの日本でのリサイタルの二回だけだ。

リサイタルと隣室からの音色はアレクセイにとって違うものに聞こえる。

リサイタルでの演奏は宝石が宙を舞う。しかし、隣室から聞こえてくる音色はアレクセイのこころに問いかける。

はじめて聴く曲だった。

六本の弦すべてが激しいリズムを刻み、アレクセイのこころに嵐を呼び起こす。そして演奏が終わったとき嵐は過ぎ去り、アレクセイのこころは静かに整っていく。

イワンの話への戸惑いも消えた。

ガリーナが隣室から顔を出した。

「ふたりともどうしたの？　真剣な顔して。いまの演奏、だめだった？」

「いや、素晴らしかった」

「よかったわ。イワンにもらったギターで弾いたのよ。私の将来を決定し、私をずっと支えてくれた大切なギター」

ガリーナは、傷だらけの古ぼけたギターを愛おしそうに撫でた。

アレクセイはガリーナに近づき、そのギターを手にとった。裏返すと無数の傷が目に入る。その中のある箇所に触れてみた。そこは傷が完璧に修復されていて、以前見たときと同じ状態だ。

アレクセイはそこをじっと見つめる。

頭の奥深くに眠らせていた情報を掘り起こしてタイピングした。化学構造式、ＤＮＡ解析データ、実験室培養データ、衛星画像、その解析データ、実験装置ＣＡＤ図面、プラント全体設計書、そしてクリュチ近郊にいまなお存在するアクアム・デイ（神の水）がある正確な位置。

これらの膨大な情報を極小チップに保存してこのギターの裏板に埋め込んだのは、成田空港での銃撃戦の二日前だった。

「実は、きみの演奏が始まる前に、イワンから大きなプレゼントをもらったんだ」

「あら、何かしら。私も欲しいわ」

とイワンの顔を見る。

イワンが答える。

「俺は、ここに残ることにした」

ガリーナの表情から色が抜け落ちる。

「どういう意味？」

「言葉通りの意味だ。日本には戻らない」

ガリーナの顔が険しくなる。

「あなたの安全が百パーセント保障されたわけではないのよ」

「一昨日、ある部落を訪れた。コリャークのコミュニティだ。彼らは私を快く受け入れてくれた」

「そんな話、ひとことも聞いていないわ。私たちを裏切ったと受け止められてもおかしくないわ。私とアレクセイだけではないわ。私の兄・キリコフスキーも彩音さんもあなたの安全を万全にするためにどれだけ多くの要人に働きかけたと思っているの」

ガリーナの怒りに燃えた眼差しを受けたイワンはこれまでにない落ち着いた表情だ。アレクセイは、イワンの内面が大きく変わったことをあらためて知る。

「ガリーナ、俺の話を聞いてくれないか」

イワンは言い、ガリーナの目を見つめたまま静かな口調で話し始めた。

「頭と胸と腹と左手だけの人間になって俺はずっとあることを考えてきた。生き抜くにはどうしたらいいのか、と。誤解してもらいたくないので言うが、生き抜くというのは仕事や金のことではなく、俺の中にできたこころの空洞を埋める術ということなんだ。こんな身体になったための自暴自棄《じぼうじき》と思うかもしれないが、それは違う。CIAのときもダブル・エージェントのときも、常に俺の中には風が吹いていたんだ。アレクセイには父祖の地に還ることとヤングオイルの実用化という壮大な目標がある。ガリーナにはクラシック・ギターという裏切らない友がいる。お前たちは生き抜く原動力をしっかりと持っている。しかし俺にはない、とずっと思い、悩んできた。あそこで死んでいれば悩むこともなかったのだが、お前たちに助けられた。だから命を大切にしないとお前たちを裏切ることになる。しかし、そのための術、こころの空洞を埋めてくれる何かが見つからない。大げさではなく、この悩みは死ぬことよりも辛いことだった。しかし、お前たちが俺をカムチャッカに行こうと誘ってくれたとき、俺の気持ちが動いた。何かが見つかる予感がした。お前たちは厳しい難関をクリアしてカムチャッカ行きを計画してくれた。お前たちとキリコフスキー、桐生彩音、池島教授に感謝したい。そして実際にこの地に降り立ち、大自然の中に身を寄せると、俺はこれまで勇気がなかったのだと痛感した。窮屈な枠組から脱出したい、自由になりたい、解放されたいと腹の底から思っていたにもかかわらず、俺はそれができなかった。しかし、いまならできる。〈帰巣《きそう》〉で俺は蘇る。カムチャッカという巣《す》に戻り、原住民コリャークとして生きていく。差別と迫害の記憶はいまだ残っているけれど、それをどうにかするために残るのではない。ただただ〈人間〉を踏み外さないように生きていくつもりだ。汚れきった俺にとっては難しいことだと分かっているが、頑張ってみる。何が正しく何が間違っているかは、いまを生きる人間には分からないのだから前に進むしかない。実は、帰巣については正直迷っていた。しかし、昨夜お前たちと海岸で寝そべって満天の星を見つめているとき、左上方に流れていったオレンジ色の流星を見つけた。帰巣を決めたのはそのときだった」

ガリーナの目が輝き始めた。

ガリーナはソファから立ち上がりイワンに歩み寄る。ガリーナの両手がイワンを抱きしめた。

「イワン、立派よ。とても素敵だわ」

ガリーナの言葉はイワンのこころを掴んだようだ。

細く小さな目が開き太く濃い眉が上下に動く。厚い唇の両端が上がる。胡座をかいた大きく平らな鼻がぴくりと動く。

子供の頃いつも見ていたイワンの笑顔が戻ってきた。

本作品はフィクションであり、登場人物・団体名等は全て架空のものです。実在する人物・団体とは一切関係ありません。

◎参考文献

『Young oil site of the Uzon Caldera as a habitat for unique microbial life』Sergey E.Peltec 他、ロシア科学アカデミーシベリア支部細胞学・遺伝学研究所、二〇一五年
『第一回 重・クラスターイオンビーム利用による微生物由来高生産性、エネルギー、環境シンポジウム』発表資料、筑波大学、二〇一九年
『新しいエネルギー 藻類バイオマス』渡邉信 編、みみずく舎、二〇一〇年
『カムチャッカ探検記』岡田昇、三五館、二〇〇〇年
『オホーツクの古代史』菊池俊彦、平凡社新書、二〇〇九年
『後藤昌美写真集KAMCHATKA』後藤昌美、東方出版、一九九八年
『人工衛星のしくみ事典』マイナビ、二〇一四年
『葛藤の一世紀』ツヴィ・ギテルマン、サイマル出版会、一九九七年
『ディアスポラの力を結集する』ポール・ギルロイ他、松籟社、二〇一二年
『激変』落合信彦、小学館、一九九〇年
『ユダヤ人の起源』シュロモー・サンド、ちくま学芸文庫、二〇一七年
『モサド・ファイル』マイケル・バー＝ゾウハー＆ニシム・ミシャル、早川書房、二〇一三年
『モサド、その真実』落合信彦、集英社文庫、一九八四年

『モサド 暗躍と抗争の70年史』小谷賢、早川書房、二〇一八年
『二十一世紀への演出者たち』落合信彦、集英社文庫、一九八四年
『KGB』フリーマントル、新潮選書、一九八三年
『CIA』フリーマントル、新潮選書、一九八四年
『アメリカはなぜイスラエルを偏愛するのか』佐藤唯行、新潮文庫、二〇〇九年
『石油を読む』藤和彦、日本経済新聞出版社、二〇〇五年
『石油・武器・麻薬 中東紛争の正体』宮田律、講談社現代新書、二〇一五年
『防衛白書 令和3年版』防衛省、二〇二一年
『軍事研究二〇二〇年六月号』ジャパン・ミリタリー・レビュー、二〇二〇年
『軍事研究二〇二一年八月号』ジャパン・ミリタリー・レビュー、二〇二一年
『軍事研究二〇二一年十月号』ジャパン・ミリタリー・レビュー、二〇二一年
『ロシア・ソビエト事典』小学館、一九九一年
『ギター音楽リスナーズ・バイブル』朝川博、アルテゥパブリッシング、二〇一六年

謝辞

本書は三人の方々の助言と協力を得て完成したものです。旧知の物理学者・高山健氏には題材の提供、科学的アイデアについてたくさんの助言をいただきました。元日本航空機長の高本孝一氏からは地球温暖化等の知見について、ギタリストの柴田杏里氏からはクラシックギター曲のエピソード等について助言をいただきました。お三方に心より感謝いたします。

◎論創ノベルスの刊行に際して

本シリーズは、弊社の創業五〇周年を記念して公募した「論創ミステリ大賞」を発火点として刊行を開始するものである。

公募したのは広義の長編ミステリであった。実際に応募して下さった数は私たち選考委員会の予想を超え、内容も広範なジャンルに及んだ。数多くの作品群に囲まれながら、力ある書き手はまだまだ多いと改めて実感した。

私たちは物語の力を信じる者である。物語こそ人間の苦悩と歓喜を描き出し、人間の再生を肯定する力があるのではないか。世界的なパンデミックや政情不安に覆われている時代だからこそ、物語を通して人間の尊厳に立ち返る必要があるのではないか。

「論創ノベルス」と命名したのは、狭義のミステリだけではなく、広義の小説世界を受け入れる私たちの覚悟である。人間の物語に耽溺する喜びを再確認し、次なるステージに立つ覚悟である。作品の刊行に際しては野心的であること、面白いこと、感動できることを虚心に追い求めたい。

読者諸兄には新しい時代の新しい才能を共有していただきたいと切望し、刊行の辞に代える次第である。

二〇二二年一一月

織江耕太郎（おりえ・こうたろう）

1950年、福岡県生まれ。県内の大野中学校、筑紫丘高等学校を経て、早稲田大学卒業。
主な著書に、『キアロスクーロ』（水声社、2013年）、『エコテロリストの遺書』（志木電子書籍、2017年。英訳・西訳あり）、『星降る夜、アルル』（論創社、2019年）、『百年の轍』（書肆侃侃房、2020年）、『小説 小日向白朗 熱河に駆ける蹄痕』（春陽堂書店、2022年）など多数。

燃《も》えるラグーン　〔**論創ノベルス011**〕

2024年3月15日　初版第1刷発行

著者　織江耕太郎
発行者　森下紀夫
発行所　論創社
〒101-0051　東京都千代田区神田神保町2-23　北井ビル
tel. 03（3264）5254　fax. 03（3264）5232　https://ronso.co.jp
振替口座　00160-1-155266

装釘　宗利淳一
組版　桃青社
印刷・製本　中央精版印刷

ISBN978-4-8460-2372-0